此情可待成追忆

——缠绵在唐诗中的爱情

纳兰小影　著

重庆出版集团
重庆出版社

图书在版编目（CIP）数据

此情可待成追忆 / 纳兰小影著. — 重庆：重庆出版社, 2012.6

ISBN 978-7-229-05174-7

Ⅰ. ①此… Ⅱ. ①纳… Ⅲ. ①唐诗 – 诗歌欣赏 Ⅳ. ①I207.22

中国版本图书馆CIP数据核字(2012)第093456号

此情可待成追忆

CIQING KEDAI CHENG ZHUIYI

纳兰小影　著

出 版 人：罗小卫
丛书策划：李　子
责任编辑：李　子
责任校对：胡　琳
装帧设计：八牛设计

重庆出版集团
重 庆 出 版 社 出版

重庆长江二路205号　邮政编码：400016　http://www.cqph.com

重庆现代彩色书报印务有限公司印刷

重庆出版集团图书发行有限公司发行

E-MAIL:fxchu@cqph.com　邮购电话：023-68809452

全国新华书店经销

开本：890mm×1240mm　1/32　印张：8.125　字数：173千

2012年6月第1版　2012年6月第1版第1次印刷

ISBN 978-7-229-05174-7

定价：26.80元

如有印装质量问题，请向本集团图书发行有限公司调换：023-68706683

目录

第一部分　邂逅：人生若只如初见　1

人生若只如初见，只有动心，动情，那么就没有了“等闲变却故人心，却道故人心易变”的悲哀了。

冰与火：命定的爱情　唐　李白·《长相思》2
所谓伊人，在水一方　唐　崔护·《题都护南庄》11
最初的梦想　唐　李白·《长干行》18
苍老的，何止是年轮　唐　无名氏·《铜官窑瓷器题诗》26
女追男的攻守之道　唐　崔颢·《长干行》之一　35

第二部分　相思：思君令人老　45

思君令人老，也许只是一瞬，也许就是一生。

要么心爱，要么离开　唐　李商隐·《锦瑟》46
无情不似多情苦　唐　李商隐·《瑶池》53
世间安得双全法，不负如来不负卿　唐　李商隐·《夜雨寄北》63
哦，原来你也在这里　唐　李白·《陌上赠美人》73
时光一去，一夜红了谁　唐　无名氏·《红叶题诗》81

第三部分　美人一顾倾人城，再顾倾人国　89

婀娜佳人，霓裳舞。美人与爱情，如甘醇的美酒，让人欢喜让人忧……

你最爱的，到底不是我　唐　李白·《清平调》之一　90
碎红颜，如何白头　唐　李贺·《苏小小墓》99
夫妻不易做　唐　李治·《八至》112
一眼之念，一念执著　唐　李商隐·《嫦娥》122
公然走私的爱情　唐　步非烟·《答赵象》132

第四部分　分别：以无涯之情爱悼不驻之光阴　145

聚散乃人生寻常，却也是堪叹息。最可叹的莫为，散时以为寻常，却相聚无日；或者红颜相别，再见已为白首。只可叹命运，可叹离别……

不勇敢，没人替你坚强　唐　杜甫·《佳人》146
一别之后，红粉成灰　唐　韩翃·《章台柳》159
佛曰：生亦何欢，死亦何苦　唐　元稹·《离思》170
我要的，不过疼爱而已　唐　孟郊·《游子吟》181

第五部分　红楼　少妇春情良人意　199

男儿，一片丹心扶社稷，手中长枪定江山。可怜红粉成灰，忽见陌头杨柳色，荣华还是恋家，这是个选择。

有个性，有思想，笑得灿烂　唐　张籍·《节妇吟》200
因为爱情　唐　刘禹锡·《竹枝词》213
平淡一世，如何不好？　唐　王昌龄·《闺怨》221
爱，就疯狂；不爱，就坚强　唐　李益·《写情》237

后记：情到深处即为诗　250

序言　假如是在唐朝

有言：望百年好比一瞬间，繁华落尽，只因用情太深。

我从很远的地方走来，只为在喧闹的人群中寻找你明媚的面容，在桃花深处追随你醉人的笑颜。

如果是在唐朝，我去看你，不会坐这神鹰铁鸟，而是策一匹良驹快马，穿过山脚的茅舍酒家，驰过树林中的驿道小溪，踏出情诗平平仄仄的韵脚。

如果是在唐朝，我去看你，不会坐着汽车，看着那一闪而过的大桥，而是乘一叶扁舟，还有戴着蓑衣斗笠的船家。江水悠悠，叩击着船舷，也抚摸着你心中最柔软的情意。明白，心中有爱的人，驿动的心，就像江上的小船一样，虽起伏但不会随波逐流。

如果是在唐朝，我去看你，不会仅仅只是几个小时，而是至少两个白天加上三个黑夜。我会经过京口、瓜洲、巴峡、巫峡……庆幸我有足够的时间，为每一段路程填上一段想念，为每一段想念谱成一首诗。当我披着曙光，在你的朱阁前为你吟诵日日的思慕，你的笑容迷醉了整个大唐。

如果是在唐朝，我可能是个赶考求官的士子，而你是青衣罗裙的女儿，家在驿路旁，一地桃花。倚门，回首……我会把一半的相思题在墙上，镌刻在你的心里，把另一半写在纸上，在莲花开到一半的时候送到你的手里，让你明白『莲子』的情意；而不是鼠标一点，半分钟就出现在你的电脑里，再半分钟不到就被拖进了回收站。

如果是在唐朝，我和你相识相知相恋，不会这么快。那时，阳光要亲吻花的温柔，总要经过年年月月痴情的守候，而不是一个电话约见面，沿着铁轨的蔓延和引擎的快乐。刚还是成都的华灯初上，一转眼，耳边已是古城西安的雁塔晨钟。

如果是在唐朝，一场爱恋会耗尽书生一辈子的激情与渴望，一次相会也要消磨掉昼夜的等候，奔赴爱人的路总是很远很远，而不是现在的每小时一百二十公里，可知爱情的半径又能有多长？

如果是在唐朝，我们也许会有更多的期许、焦急和不安，但也会有更加缓慢而悠长的幸福，就像驿路旁边的桃花，不会为过往的车萧马鸣而怦然心动，更不会为都市的车水马龙而心驰神往。就像牡丹、芙蓉、古柏……依然还是唐朝或者更早的样子，任斗转星移，花期不改，心意不变。

站在你的窗前，凝视着扬州路上的无限春光，你『娉娉袅袅十三余，豆蔻梢头二月初』，她们总是不及你的。只是我们就要分别了，你怎么不挽留我啊，只是不说话也不笑了。我是多么舍不得你啊，『蜡烛有心还惜别，替人垂泪到天明』……

斜倚熏笼，孤灯清漏，黯然心伤。我最爱的王啊，你的心为何总是停留在别的地方？我的美，我的爱难道不值得你为我停留……当日『裁为合欢扇，团团似明月。出入君怀袖，动摇微风发』，秋日已至，听说你又有了新宠，昭阳殿夜夜笙歌。你何曾看见，『玉颜不及寒鸦色，犹带昭阳日影来』……

心如烛光！

如此，我点燃李商隐的红烛，静坐西窗前，读着你寄来的家书，而浮在心头的诗却杂乱无章。

我吟给你的诗，最终听见的只有一个我，或许还有一个我深爱的你；

我给你的爱，最终伤害的只是我一个人，或许还有一个我深爱的你还记得；

把一切都深埋心底，千百年后，谁又能读懂我的心痛和悲哀……

爱是一种牵挂，前世今生，亘古不变！

情到深处即为诗……

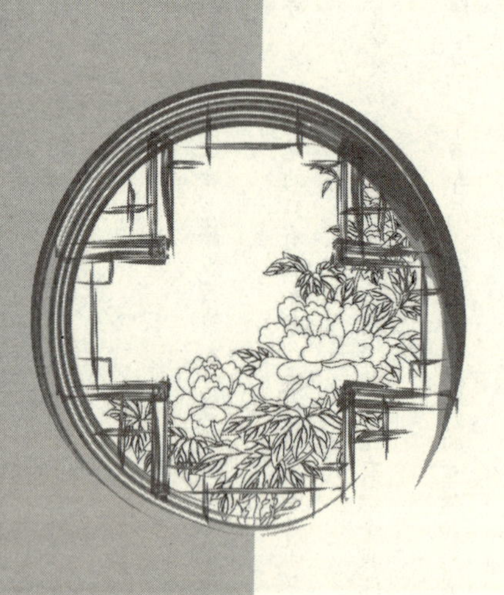

第一部分

邂逅：人生若只如初见

人生若只如初见，只有动心，动情，那么就没有了“等闲变却故人心，却道故人心易变”的悲哀了。

冰与火：命定的爱情

——长相思，摧心肝

长相思，在长安。
络纬秋啼金井阑，微霜凄凄簟色寒。
孤灯不明思欲绝，卷帷望月空长叹。
美人如花隔云端。
上有青冥之长天，下有渌水之波澜。
天长地远魂飞苦，梦魂不到关山难。
长相思，摧心肝。

——唐　李白·《长相思》

宫闱深深，锦帐重重，烛影重重。

琴台边，她的眼眸伤感而迷惘。修长的手指随意拨弄着琴弦，一曲《长相守》，潺潺流出，缠绵悱恻。就如同她的爱情，旖旎之花盛开就注定了凋亡。

水因有性山难转，情为爱浓人空瘦。从他离开之后，思念成为她生活的主旋律。长安月下，几分妩媚婆娑，却再也不见了那精致的面庞。如此，整个大明宫，对她而言，空空如也……

“小姐，你认错人了。”想起那款款细语，她醉了……长长的思念和回忆伴随她的余生。孤灯不眠思欲绝，她抚琴，拥抱着和他共度的年岁，美好而寂寞的年岁。

人生若只如初见。

那年她十四。父皇主宰天下，她却和所有无知女孩一样，只有深深庭院，花谢花开，美人秋千架。弘说她是整个大唐王朝最绚烂的风景，是皇室最夺目的明珠。她明白。

少女怀春，她也不禁会幻想他的模样。那个牵引她生命的男子，有着大唐男子的风华正茂和与她的哥哥们相匹敌的才情和样貌。

那一天，她遇见了他！

上元灯节，东风夜放花千树，更吹落，星如雨。宝马雕车香满路，凤箫声动，玉壶光转，一夜鱼龙舞。她是公主，第一次看见她美丽如画的江山，车水马龙的街市，富庶安乐的子民。那大唐公主至高无上的骄傲与荣光充溢了她的胸膛。

“公子，这是长安街上最时兴的玩意儿了，看看吧，戴上它，

你一定是今晚最英俊的公子哥儿。”

昆仑奴！它幽深空灵的眼眸困住了她。她用项上明珠换了两个。岂知，多情总被无情扰，困住她的又何止昆仑奴。

她走丢了，无助，彷徨。在长安街上，她掀开一张一张昆仑奴，寻找同伴。渐渐失望，梨花带雨。

又一个昆仑奴。她飞奔过去。那一掀，揭开了她一生的幸福和悲哀，情之所系，爱以维之。

他，面具下的明媚。时间停住了，花市灯如昼一下子褪成了背景。只有他，突出而鲜明。

“公子，你认错人了！”他刚毅的面颊上徐徐绽开柔和的笑容。她如沐爱河。

面前的男子，弘一样挺拔秀颀的身材，贤般坚毅俊朗的轮廓，旦一样深邃的眼眸和父亲一样磁性的声音。所有大唐王朝巅峰的男子都黯然失色。

她十四年生命所孕育的全部的朦胧的向往终于有了一个清晰可见的影像。

她醉了，她爱了！

自此，更深露重，落花成冢。她思念着，一日三秋；贪婪地吮吸着空气雨露，仿佛与他鼻息相闻。

“自从见了心牵挂，心儿里撇他不下。”这便是她对他的一见钟情了。世间本无命定的姻缘，但是那种一见倾心、终身眷恋的爱情确有一种命运的力量。

于是，再次和他相逢，这个主宰她生命与爱情的男子。借了公主的这身衣冠，她急速迫切地遂了心愿。

明月抚心伤，世事惧无常。玉兔持金杵，寒桂笑吴刚。

她想，当年的她，太过年轻美貌，太过轻狂率直。以为尊如公主，必将是他一生的财富和无上的荣显，无论以什么样的方式出场。然而，她错了，命定的爱情还是错……

那一日，整个大唐江山风和日丽，大明宫张灯结彩。她脸贴花黄，云鬓高耸，披着大唐锦绣河山织成的嫁衣，美艳不可方物。

桃之夭夭，灼灼其华，之子于归，宜其室家。

所有人都瞩目着她，他们高贵的公主，被一个男人带进了他的生活。人们都在偷偷议论着这个被神明青睐的幸运儿。

透过红盖头看出去，新嫁娘的幸福和喜悦在全世界蔓延开来。然而他，我的夫君，面色凝重，目光呆滞空浮，若有所思所系。

母亲看着他："好好待她，你能给她我所不能给她的。你知道她对于我的重要，她是我一生的精血，是除了大唐江山以外唯一的念想。"

她不喜欢母亲看他的样子，高高在上，咄咄逼人。

然而，这一切都挡不住她无边无际的喜悦，任他牵引着她告别以前的生活，走入新的人生。

一个情窦初开的少女，把自己的爱情绘成了美丽的梦园。

酒酣耳热之际，他，嚷着要感谢她那心血来潮的爱情和她那掌

控生死的父母。她很震惊，旋即想当然地理解为对他们的爱情的讴歌和赞颂。

说什么“四更过，情未足”，新婚，她独守空房，他彻夜未归。

相思是篇冗长的腹稿，表达出来往往很短很短。

“你昨晚去哪儿了，我很担心你。”

他面目狰狞：“公主，你懂得真正的爱情吗？你有过吗？……爱情意味着长相守。”

她无辜惊恐：“我有，我对你恰恰就是这样的感情。”

他无言以对……

第一次，他说，爱是长相守。

他说，爱情意味着长相守，意味着两个人永远在一起，不论是活着，还是死去。就像峭壁上两棵纠缠在一起的常青藤，共同生长，繁茂，共同经历风雨最恶意的袭击，共同领略阳光最温存的爱抚，最终，共同枯烂，腐败，化作坠入深渊的一缕屑尘。这才是爱情。

他说，爱情不管她面对多么强大的阻力，无论是神明，还是地狱，都不会屈服的。因为爱情本身就是天堂，代表着生命最高最健全的境界，世间最完美的家园。爱情不会屈服，爱情无坚不摧！

她的心里种满了爱情的罂粟，美艳醉人，却是一种蛊。

她的人生，她和他初次对爱情的探讨，就是这无尽的冷夜清漏和他歇斯底里的面孔，而不是伴着温柔的体温和柔软的鼻息。

她以为她拥有爱情，拥有长相守，却不知她一直活在别人的爱情里。

她渴望长相守，可这样的誓言没人对她许过。

婚后的日子就像歪歪曲曲的线，平淡地往下延伸着。

他冷冷地拒她于千里之外。每当她想亲近他，他全副武装，防备着，甚至伤害她。那是一种怎样的折磨，是对她狂热的爱情最残酷的打击报复。

另外，全家上下好像藏着一个大阴谋大秘密。除了她，无人不知无人不晓。有时她也可以感受到那种呼之欲出的隐讳，却总是擦身而过。

他也不和她在一起。深夜，桂魄初生秋露微，她一人在花园闲游。轻罗已薄，空房幽寞。她心怯怯不忍归去。

她忍耐着，期待着种下的柔情能开出旖旎之花。

秋去春来，衔泥燕归。她的心也平静了。美丽而冲动的爱情注定了她寂寞一生。

一日，后院阁楼上飞出白鸽，响起悠悠的琴声。她走上去，心狂跳不已，仿佛处在秘密之门外期待有所收获。

丈夫连年的情形，让她隐隐不安。如果金屋藏娇的丑剧被捅破，蒙羞的何止是她，这个守望爱情的执著信徒。

阁楼，没有香艳，只有一方古琴，一阕长相思。

依着琴谱，她低眉信手抚了起来……曲中之意如此地契合她的心境。

踏破繁水三千只取一瓢饮不再孤独，吻过江南桃花烟雨楼台何人听丝竹；

怕是爱了多少恨了多少只闻琴声哭，能有多少人知道那断肠毒药名叫相思苦。

循着琴声，他来了，眸子中有了丝丝情意。

采药夫妻的长相守的誓言，他的眼睛温润潮湿，她为他曾经的爱情感动。

夜里，他来了。在他身下，她欢愉地颤动着，像风中的蔷薇。床榻上的印迹，分明是大唐后花园最娇艳的牡丹。

趴在他胸口，她问，人一生中是不是只能拥有一次真正的爱情。

她以为，尽管他的爱姗姗来迟，却终还是来了。

那个美好的夜晚之后，不久，她有了他的孩子。她和他爱情和生命的延续，那就是她全部的世界。

他朝出晚归，她尾随而来，看见一个男孩。她呆了，如果是一幕珠胎暗结，那将置她和她腹中的骨肉于何地？

他，闪过一丝慌乱。

她信了，那是长相守的结晶。“你认为你的妻子吝啬到不能和你分享世间最高贵的爱情？”随后，拉着小孩回了家。一面与孩子享受天伦，一面，更加幸福地等待另一个爱情结晶的降临。

长相守，那是青鸟落泪满楼风雨；空长叹，丝绢鸳鸯绣落一点点死去。

他的妻妹，石破天惊，揭开了多年的秘密和心结，也打碎了她的爱情迷梦。悲从中来，不可断绝。

命定的爱情如果错了，那就是一场劫，她和他，在劫难逃。

当她爱上他的时候，他已有了他的妻。青梅竹马，两小无猜，约定生生世世长相守。为了成全女人初生的爱情，母亲赐死了他的妻。

她的婚姻，开场就是一场杀戮。爱情之花染上了鲜血和仇恨，如何发芽……

当她独守洞房时，他的妻产下麟儿却死于难产。他违背神明，却只换来妻一天的生命。他恨她，恨她与生俱来的权力和压迫……

命运却玩弄了他，五年之后，她把他的儿子带回家中，视若己出。她的善良和热情俘虏了他。

他坚守着对妻的誓言，却又无可挽回地陷入了对她的爱恋。五年来，他用他仅有的意志力来抵抗，用冷漠来惩罚她对爱情所犯下的错误，用不给她爱情来祭奠妻的亡灵。然而，他爱上了她。

一个人一生中会有许多爱情。完美如他，只能对他的妻付出承

诺，无力给她幸福。

终于，他饮剑而亡。

然而，他不明白。从她爱上他的那天，她已不是公主，仅仅是长安街上一个心有所系、魂有所牵的平凡女子。她也是他的妻啊。

她抱着他，默默凝视着自己年轻的爱情一步步丧失体温。

一切都还没来得及发生，最美的图案在破碎的白纸上已经出现。她就是那抹淡淡的青，晕染了爱情，雕磨了时光。回过头来再看，那么美，那么忧伤。

他和她，在不尽的互相爱慕与折磨中，刚体悟到彼此真挚的爱，又无奈地天人永隔，只留下她细细品尝着无期的相思和痛怆。

就如同两颗流星，奔徙千里终相会，却只是一瞬。余下的仍是无尽凄凉的漫漫苦旅……

长相守，催人老！长相思，摧心肝！

所谓伊人，在水一方

——人面不知何处去，桃花依旧笑春风

去年今日此门中，人面桃花相映红。

人面不知何处去，桃花依旧笑春风。

——唐　崔护·《题都护南庄》

“蒹葭苍苍，白露为霜。所谓伊人，在水一方。

溯洄从之，道阻且长。溯游从之，宛在水中央。”

爱情，就如芦苇，随风而动，若飘若止，似有还无。

情所系者，所谓伊人，在水一方，却终不知其所在。彼岸花开，可望难即，遥遥而不可得。

唐朝有一种大气象，存在于长河落日里，存在于白帝彩云间，

存在于浔阳秋瑟中。但唐朝的男人们，却是惯于说一套做一套的。悼念韦丛的，出仕前有红颜莺莺；逼死关盼盼的，老来入花丛，家姬成群；连苦守寒窑的王宝钏，等来的变心之后的亏欠和负罪感，再也没有爱情……现实如此残酷，让人怎么相信爱情？

幸好，我们还有他，还有一份才子佳人的小清新，还有一丝有情人终成眷属的期待。

他，崔护，唐德宗年间的一个穷书生。

对书生的认识，是情愿停留在"穷书生"的层面的。花痴的想法是不需要借口的，"穷书生"对生活和伴侣抱有更质朴的想法，"穷书生"才有改变现实生活的追求和勇气，"穷书生"更清瘦，更招小姐的喜欢……好吧，那就"穷书生"崔护好了。

所见识的"穷书生"崔护，其实挺像"理科男"，生活在我们身边，顶尖的那一类。天资纯良，才情俊逸。性情清高孤傲，深黯的眼底充满了平静，身边却围绕着冰凉的气息，拒人千里。他平日埋头寒窗，极少与人交往，独来独往，惜字如金，不苟言笑。这样的学子，是有内容的；这样的男子，像冰山下的火种，冷冷地站立着，等待喷薄。

春日的长安是妩媚的，杨柳花飞、莺燕啁鸣，撩动着应考士子的心。崔护合上了书本，"也该出去走走了，别辜负了大好春光"。

崔护步行出城。相比于"春风得意马蹄疾，一日看尽长安花"

的同窗们，他更喜欢这样，安静而惬意，慢慢也就成了习惯。

春，是热情的，是活泼的。就像怀春的少女，到处放射着明媚的阳光，到处炫耀着炫目的色彩，到处飘荡着醉人的香气……崔护抛开了苦读的压力，顿觉神清气朗。他贪婪地吮吸着自然的赐予，不知不觉，离长安越来越远。

读书人，向来是缺乏运动的。崔护觉得口渴，腿酸，体乏，想寻个农家，讨口水喝，休息片刻，才能在日落之前，返回长安。长安的门禁森严，入夜之后，别说入城，就是在街上溜达，也会被盘查询问的。崔护向来谨慎，不由加快了脚步。此处农家稀稀疏疏，很是凋零。只有不远处的山坡上，桃林掩映中，露出了茅屋的檐角，崔护一丝浅笑，朝山坡走去。

士子，都是有诗情的。走向桃林之时，崔护心里，漾开了一阕诗篇："桃之夭夭，灼灼其华，之子于归，宜其室家"。桃花难做，平静到一定程度，就很乡土；绚烂到一定程度，就流于轻浮。不知道古往今来的男子，难舍的是这光耀明媚的桃花，还是那颜如桃花的女子？

世间的人和事，妙就妙在"不知道"。崔护不知道，他走向的，是一段要命的爱情。他即将叩开的，是一对男女的一见钟情之门。

桃花源里，曲径通幽。在桃林小路的尽头，有一个竹篱围成的小院，茅屋三进，简洁雅致。崔护叩门高呼："有人在吗？小生踏青路过此地，口渴腿乏，想讨些水喝。"他猜想，开门的应该是个鹤发老者，竹杖芒鞋，清逸风雅。他甚至窃窃地认为，只有这样的高人，才适合隐居在这么雅致清幽的地方。

他错了……吱呀一声，开门了，是个女子。布衣素服，却掩饰不住清雅脱俗的气质。崔护看呆了。多年以后，当他回忆起邂逅的情景，都是“难以忘记初次见你，一双迷人的眼睛，在我脑海里，你的身影挥散不去……”崔护立即表明来意。女子浅笑，将他引入草堂，自去张罗茶水。

不得不佩服崔护的观察力。厅堂一尘不染不说，屋内笔砚诗书不说，单说墙上的楹联“几多柳絮风翻雪，无数桃花水浸霞”，雅致不俗，并不似一般的山野村夫的格调。又联想起女子扑面而来的高雅气质，崔护不由得又看了看，桌上有一帧诗笺《咏梅》，字迹清秀，笔墨未干：

素艳明寒雪，清香任晓风；

可怜浑似我，零落此山中。

文人对言语文字的感触，总是特别的敏锐。崔护听到了对梅花的咏叹之下满溢的萧瑟和无奈。这一切一切，都激起了崔护的好奇心和求知欲：住在这里的，是一个什么样的女子，这般清丽，这般才情？什么样的心情，才能衍出这般清绝的诗篇？

在崔护心里，瞬间演绎了成千上万种可能。是遗落凡尘的仙子？不是。仙子是不会有这样的俗世烦恼的；是离家出走的名媛？不是。城市的女子，哪能有这般出尘的气质……

“公子，请饮茶。”女子轻声一唤，拉回了崔护的思绪。他更加仔细地打量着，陡然觉得，所有的诗篇，都描画不了面前的女子。这个女子，纯真而灵秀，就像隔岸的莲花，眉如远黛，肌如白雪，腰如束素，任何的装饰都嫌多余，就这样，刚刚好！

崔护接过茶，轻轻地呷了一口清茶，淡淡地说着自己的家世和理想，又故作镇定地询问少女的姓氏和家人。

唐朝的女人是幸福的，有着70后的富足和80后的奔放。然而，男女大防，还是有的。一对未婚男女，独处一室，端茶递水，都已经有些超过。而崔护的这个动作，总是让人想到婚姻礼仪里面的“问名纳吉”，真是不妥。

女子告诉他，名叫绛娘，和父亲蛰居在此，其余不曾多言。然而眉目间，情意流转，一碰到崔护的目光，就垂下眼帘，望着脚尖。一抹嫣红，旋即飘上了脸颊。这份娇羞，让只知孔孟，不识红颜的崔护更加心动。

不得不承认，但凡世间的爱恋，从初初见面的那一刻，很多就已经决定了。所谓的日久生情，不过是为利用和被利用，带上了爱情的面具而已。

崔护大赞景色宜人，真是踏青的好地方，又对著名的游春诗歌品评了一番。明眼人都知道，不过是男子显示自我价值的小伎俩。绛娘听他高谈阔论，含笑，点头。说到“有花堪折直须折，莫待无花空折枝”，崔护颇有深意地看着绛娘，期待她，能给一些爱的回应。

这么一个春意盎然的季节，两颗年轻而炽热的心，在春日午后暖阳中，深深地为对方所吸引。然而女子无措，无言。崔护寒窗十年，对女子的心事，自然是知之甚少，看绛娘没有言语，以为自己言语唐突，惹女子不开心了，也就枯坐无语。

夕阳西下，崔护不得不起身，诚恳致谢，依依惜别。女子送他，倚在柴门上，目送他渐行渐远。崔护不时回头，只见桃花一般明丽的女子，却看不清楚女子眼中，无限的眷恋。

春日里，一簇要命的桃花，一次偶然的邂逅，在崔护和绛娘心中都荡起了爱的涟漪。分别之后，无法相见，无时无刻不在相思。

转眼，又是一年春来到。看着长安城里光耀明媚的桃花，回忆起灿烂桃花中的伊人，崔护心中有了无法抑制的冲动。人生，总是要疯狂那么一次的。崔护快步快行，到城南寻找去年的旧梦。兜兜转转，好不容易找到了去年的茅舍，往事一幕幕，就像发生在昨天一样。

“有人在吗？小生踏青路过此地，口渴腿乏，想讨些水喝。”他重复去年的言语，他害怕女子已经遗忘了这么个过客，也期待着去年的那幕再次上演。然后，屋内铁将军把门，院内寂然无声。顿时，崔护的心凉了半截，他推开柴门，心里不断地问：绛娘去了哪里？探亲去了？郊游踏青了？搬家了？甚至是已经出嫁了？缤纷的花瓣落了他一衣襟，不觉又是黄昏了。他讪讪地从窗棂中取出笔墨，怅然地在房门上写下了数行：

去年今日此门中，人面桃花相映红；

人面不知何处去，桃花依旧笑春风。

访求心上人，不遇，崔护终日茶饭不思，更别说读书了。绛娘的倩影，一直萦绕他的心里。他不甘心，数日之后，他再度去了城南，寻访伊人。

这次的打击更甚。刚走到门口，就听见了痛哭声。原来，去年一面，绛娘情根深种，坚信郎若有情，必定再访。等来等去，本已经灰心了。日前去亲戚家小住，归来时，看见了崔护在门上的题诗，以为自己错失机会，两人此生无缘再见，愁肠百结，一病不起，已经不行了。崔护不想出了如此变故，也不曾了解，一个女子，用情至深，比男子勇敢百倍。他抱住尚有体温的女子，不停地摇晃，不停地哭喊。女子睁开了眼，又活了过来。崔护迟来的爱情，终于唤回了已经踏入鬼门关的绛娘。

从此之后，佳儿佳妇，相扶到老。绛娘殷勤持家，崔护学业精进，进士及第，官拜岭南节度使。

一场桃花的邂逅，换得才子佳人大团圆的结局，就像罗密欧与朱丽叶，就像《牡丹亭》，戏路是老套的。但是这样的一见倾心，相思绵延，还是有让人感动和遐想的情愫。

有时候觉得，这不过是男人的一场春梦，梦醒了，一片怅惘。只是这样的情绪，满足了男人、女人不同的情感需要。

男人期待弱水三千，害怕责任和付出；而女人，总是将爱情看得太重。那个男人，让张爱玲毁了一生，到头来却从未爱过她；“不爱江山爱美人”的温莎公爵，并不是自愿放弃王位的……

现实点吧，和相爱的人相濡以沫，和次爱的人相忘于江湖。只是因为，伊人顾盼了千年，少年郎寻觅了千年，桃花香艳了千年，我，还能相信爱情！

最初的梦想

——郎骑竹马来，绕床弄青梅

妾发初覆额，折花门前剧。郎骑竹马来，绕床弄青梅。
同居长干里，两小无嫌猜。十四为君妇，羞颜未尝开。
低头向暗壁，千唤不一回。十五始展眉，愿同尘与灰。
常存抱柱信，岂上望夫台。十六君远行，瞿塘滟滪堆。
五月不可触，猿声天上哀。门前迟行迹，一一生绿苔。
苔深不能扫，落叶秋风早。八月蝴蝶黄，双飞西园草。
感此伤妾心，坐愁红颜老。早晚下三巴，预将书报家。
相迎不道远，直至长风沙。

——唐　李白·《长干行》

每当看电视剧，很羡慕女主角。她一定有个懂她的青梅竹马，一个不需要做作、可以畅所欲言的朋友，还有一个珍爱她、如珠如宝的男主角。然而，愿望落空，于是，总是为别人的故事感动落泪。

朋友说，爱情是个不遵守游戏规则的东西，先入为主不一定赢，近水楼台多半都得不到月。刘彻与陈阿娇的青梅竹马，终究敌不过他与卫子夫一个天一个地，却要相遇的命运，于是成就了经典的失败爱情。在金庸的世界里，青梅竹马一般也都没有结果，像王语嫣和慕容复、郭靖与华筝、令狐冲和岳灵珊、杨不悔和张无忌……撇开金老先生爱拆散青梅竹马不谈，或许，老先生也认为，青梅竹马的感情，太早地相依为命，如同亲人一般，爱情也就失去了发芽生根的可能；而早期以为相爱的人，太不成熟，又很容易彼此放弃。

不过，地球另一边的一个故事，那青梅竹马的感情，纯粹而美好，让人心动。

12岁的澳大利亚男孩克拉克，骑车送报时结识了小女孩琼，两人长大后相爱结婚。几十年过去了，琼年老失忆，甚至不认识相濡以沫的丈夫，却依然记得少女时代的往事。于是90多岁的克拉克，为了让爱妻仍然生活在小女孩时代的甜蜜梦境中，蹬起自行车，成为了澳大利亚年纪最大的送报人。

相爱，或者不爱，永远不是因为相遇太早，或者相见恨晚。若缘在，一切都在；若缘灭，遍地荒芜。

为了爱情，他们生死相许。唐明皇牺牲了江山，尹梦荷牺牲了读书人的气节，一度成为叛军之将。而这其中，许合子，“歌值千金”的女音乐家，又祭奠了什么？青梅竹马的爱情和那最初的梦想……

开元年间，大唐王朝走向了全盛。唐玄宗本人，既知音律，又酷爱法曲，还有知音红颜杨贵妃，正是“春风得意马蹄疾”，做了很多有创造性和建设性的工作，比如设立梨园。

“选坐部伎子弟三百，教于梨园。声有误者，帝必觉而正之，号‘皇帝梨园弟子’。宫女数百，也为梨园弟子，居宜春北院。”

梨园，就成为我国历史上第一所集音乐、舞蹈、戏曲于一身的综合性“艺术学院”，李隆基担任“梨园”的院长。李隆基和杨贵妃，亲自为梨园作曲、编舞，兴致勃勃搞创作，还经常指名士或翰林学士编撰节目。如贺知章、李白等，都曾为梨园编写过曲目。

许合子，江西永新人，生于乐工世家，自小歌艺超群。她的圆润嗓音，悠扬歌声，使人乐而忘忧。这样的人才，应该为国家最高权力服务。17岁时，许合子被选入宫，以籍贯“永新”作为艺名。许合子生得美好，加上那副“金嗓子”，使她迅速成为大唐王朝一名优秀的歌手。

“莫向南山轻一曲，千金原是永新人”。明朝戏曲家汤显祖，也不吝溢美之词。许合子“美而慧，善辞歌，变新声”，韩娥、李龟年之后，两千年来，无人能及。

中秋之夜，唐玄宗举办了一个与民同乐的宴会，歌舞百戏助兴。当时除皇亲国戚、文武百官外，还有平民百姓混杂在一起，人声鼎沸，嘈杂得很，金吾卫想了很多办法维持秩序，都不奏效。玄宗很不高兴，准备罢宴回宫，眼看“与民同乐”将成为一个笑话，高力士情急生智，奏请许合子出来演唱一曲，必定使现场安静下来。许合子丽姿焕然，步履轻盈，一只手撩着鬓发，另一只手牵着衣袂，站立台中，曼声而歌。

开始是低低地唱，那声音虽然轻，但是无论在哪个角落，都听得真真切切。而后，歌声慢慢地扬了起来，像是一串串珍珠，滴滴答答落在玉盘中，清脆曼妙。歌声越来越高了，而后，化作一缕金线飞进云端，盘旋在九天之上……

勤政楼广场上，一下寂静若无一人。每个听到歌声的人，如痴如醉，随着歌声跌宕起伏，时而血脉沸腾，感觉血液就要从每个毛孔喷出来了，时而飘然欲醉，仿佛离开了地面，飞进云霄里去了。连皇帝也高兴得连看戏的事儿都忘了。

从此，“永新善歌”之名，著称朝野，传遍四海。唐玄宗对她很是宠爱，赐号“永新娘子”。后来成为了“歌妃”，在梅妃和杨贵妃争宠的夹缝中生存。

在宫廷里，最不值钱的是时间。还年轻么？不要紧，过两年就老了。这里，青春是不稀罕的。但对于这位绝世女音乐家来说，时间是宝贵的，因为她还有值得为之一搏的梦想，最初的梦想：清清爽爽地远避纷扰，与自己钟爱的音乐相伴，与青梅竹马的恋人相伴，这才是最好的生活状态。

10岁那年，许合子和母亲出门探亲。时值初春，沿途桃李绽放，金黄的油菜花，宛如一块硕大的织锦，一脉青翠、一线粼波，一抹艳色，一袭芬芳。也许，是春姑娘轻柔地撩动，唤醒许合子内心深处的不安分；也许，是因为第一次出远门，她特别兴奋。她和母亲走散了，在一片柿子林里，她迷了路，口干舌燥，急火攻心，蓦然倒地。

当她醒过来的时候，身边有个年纪相若的小男孩。他叫尹梦荷，是个山里娃，砍柴的时候发现了晕倒的许合子。"我带你去一口泉眼喝口水吧，可甜哩！"看着这个男孩，许合子觉得似曾相识，有种安全感。于是，任他带领，她跟随着。走到了泉眼跟前，掬了一捧，甜到了心里。

当尹梦荷知道了许合子5岁时生了场大病，长大些咽喉便时常发炎，承诺以后每周为许合子送一罐这里的泉水，治疗这种慢性的咽喉疾病。后来，每隔七天，尹梦荷就送一罐山泉到许合子家，跋山涉水，风雨无阻，一送就送了7年。

这泉水，不仅滋润了许合子的歌喉，也灌溉了这对小儿女的爱情。"妾发初覆额，折花门前剧。郎骑竹马来，绕床弄青梅"，他们的爱情，好像山上的古银杏，根深叶茂；宛如家藏的女儿红，香醇味浓。

美丽的姑娘，到了二八的年华，娇艳得好像春天里的花儿。嗜好音乐的唐玄宗，也知道了江西永新的大山里，有这么一位才貌双全的女子。于是圣旨一下，邀许合子进宫。在分别的前一天，一对恋人，最后一次来到泉眼旁，许合子流着泪唱起一支支山歌，珍珠般的眼泪落入泉中，草木也动容。

“一入宫门深似海”，她劝他，忘了她吧，也许再也不能相见。寻一位貌美如花的妻子，考一些足够生存的功名，平平淡淡过一辈子，足矣！而她，许合子，怀抱着最初的梦想，靠回忆喂养生活，终了一生。

然而，爱情是执著的，尹梦荷也是的。他追随心上人，来到了长安。一切可能、不可能的方法，靠谱、不靠谱的门路，他都尝试着，不知疲倦。他努力考取功名，为了能进入宫廷，见她一面；他违背初衷，包庇奸相杨国忠，依附太子李亨，都只为了一句空空的承诺。

相思苦，两人心上苦缠绵。许合子得到了唐玄宗的垂青，梅妃为了争宠，推波助澜。眼看着苦守的誓言和梦想，都将成为宫廷的祭品。要生命还是要爱情，许合子面临选择。她不想做玄宗的妃嫔，孤注一掷；她甚至不想开口唱歌，喝下哑药，要的只是让玄宗嫌弃她，放掉她……

然而，他们终究太善良。为了他们的爱情，多少正值花样年华的人儿，一一死去。曾经认为，自己的爱情，是天底下最真最纯的，其他人的生死、幸福都不重要。但是，当一段爱情遇到太多的成全和付出，太多的血腥和伤害，爱情也就走了样，许合子和尹梦荷也就没有办法毫无负担地在一起了。当他们终于冲破牢笼，奔向海阔天空的时候，责任和道义迫使他们选择了来时的路，不如归去。

好在，“天不绝人愿，故使侬见郎”。安史之乱，覆灭了整个大唐，却成全了一对璧人。这样的情节，和张爱玲的《倾城之恋》

倒是很像：长安的陷落，成全了她。但是在这不可理喻的世界里，谁知道什么是因，什么是果？谁知道呢，也许就因为要成全她，一个王朝倾覆了。

唐宫失守，众多的宫女艺人，纷纷逃出长安，到外地避祸，许合子也夹杂在其中。接下来的几年，颠沛流离，可是她没有放弃和爱人相拥的希望，一直在寻找。

尹梦荷从叛军大营逃离出来，回想自己，因为一个空空的承诺，做间谍，入敌营，到头来一场空，心里嘲笑着自己。想起许合子，那无比动听的歌喉，是否正在吟唱凄婉的歌？想到这些，心情更加沉重。蓦地，有悠扬的歌声传来，入耳无比熟悉。难道是她？

转过一个弯，一条小河。一叶扁舟，一袭白衣，正在低吟，歌声凄凉，如泣如诉，闻者落泪。正是许合子，他那被宫墙和战火隔断的恋人。

相见、相认，回忆、恸哭。

重逢，没有太多的言语。只因为，曾经的繁华，而今的失落，将来的迷惘。命运有着翻云覆雨手，在每个人的生命里，早早写下了离别和重逢。也许，可以主宰的了，就只在这一瞬而已。

在这兵荒马乱的时代，许合子和尹梦荷是无处藏身的，可是总有地方，能容得下一对平凡的夫妻，过平淡的生活。

然而，谋生并不容易，他们在江上渡人，穷困潦倒。因为常年的焦虑和颠簸，尹梦荷的身体不好，没过几年，就撇下了许合子。许合子带着母亲，回到了当初一心背叛的城市，为生活所迫，沦为风尘歌伎。

长期的不安定生活摧毁了许合子的健康，爱人的离世，也磨灭了她生活下去的意志，很快许合子就灯尽油枯，含恨而逝了。临死之时，她凄然地对母亲说：“母亲，你自己好好过吧。你的摇钱树倒了！”

名噪一时的旷世歌者，爱情执著的信徒，就这样走完了短暂而纷乱的一生。我想许合子是幸福的，至少一直追求的梦想，最终还是拥有了，哪怕不能走完一生。

每个故事，都有一篇剧情。每段爱情，都像一段旋律，虽然很美，却是心痛，也许这样才能够让人刻骨铭心吧。

收到朋友的短信，就以她的话结束吧：如果还有无数个轮回，即使知道每个轮回的结果注定是悲剧，我也不会后悔。无论再有几次相遇，我还是会选择这份属于你我的美好的初恋……

献给我们的爱情，献给那最初的梦想！

苍老的，何止是年轮

——君生我未生，我生君已老

君生我未生，我生君已老。君恨我生迟，我恨君生早。
君生我未生，我生君已老。恨不生同时，日日与君好。
我生君未生，君生我已老。我离君天涯，君隔我海角。
我生君未生，君生我已老。化蝶去寻花，夜夜栖芳草。

——唐　无名氏·《铜官窑瓷器题诗》

人啊，上了年纪，就特别喜欢回忆。过去的日子，过去日子里的人和事，一幕幕，像胶片，反复轮播，反复刺激，让人向往，让人遗憾。

有些东西是没有办法隐瞒的，欲盖弥彰，比如说衰老，比如说贫穷。

开成年间（公元836年），一位古稀老人，在洛阳香山，将毕生诗文自编《白氏文集》65卷，存诗文3255篇。

但凡名人，到了一定的年岁，感受到了死亡阴霾的时候，就开始回顾自己的一生，做了哪些轰轰烈烈的大事，有没有什么诗文史籍，整理整理，也许能够传之万世。甚至有没有什么遗憾，趁着阎王还没有召唤我，还有时间、有精力可以再去完成。

会昌五年（公元845年），他和洛阳几位年过七十的老哥们，组成了“七老会”，他们入世官阶相近，出世兴趣相投，饮酒赋诗，老且弥坚。后来95岁的僧人如满和136岁的李元爽加入，大大拉高了团队的平均年龄，号称“九志图”。这一年，他74岁。这一年，他离死亡越来越近了。

会昌六年（公元846年）八月，这位老人与世长辞，遗愿“不归下王圭，葬于香山如满之侧”，埋在了洛阳香山琵琶峰上，永远与洛阳山水为伴。

没错，他就是白居易，白乐天，晚年自号香山居士，唐朝现实主义诗歌的巅峰诗人。

在唐朝这样一个以诗会友、以文会友的风雅时代，白居易有若干知己；在这么一个战争疮痍慢慢平复，社会和政权依旧动荡的时代，白居易和同时代的友人一样，仕途跌宕，宦海沉浮。所幸的是，他还有些微家世背景，不用像李白、杜甫一般，如风中飘絮，客死他乡；他如同刚刚缓过劲儿来的大唐王朝，恢复歌舞升平，蓄养家姬，寻求慰藉……

然而，苍老的，何止年轮，还有一颗被摩擦、被蹂躏，难求平静的心。

如果说，还有什么能在这苍老板结的心里，留着一丝温暖和柔软的话，那就只能是樊素了，晚年生活里一抹香艳的色彩。

只可惜，相遇得太迟了，她太年轻，而他已经一只脚踏进了阎罗殿；只可惜，相遇得太迟了，他能享用她的青春年华，而他的时光，那些辉煌往事和伤心记忆，再难与她分享。只恨，不能生同时，陪他度过十年，二十年，三十年，直到老，直到死……

白乐天，出身于中小官僚家庭，祖父白湟、外祖父陈润和父亲白季庚都是诗人，母亲也有良好的家庭教养。白居易从小就受到了良好的文化熏陶，天资聪颖又好学不倦，白天学做赋，晚上刻苦读书，以至于口舌生疮，手都磨出了茧。

由于父辈时代为官，家境殷实，即使年少时，为避战乱，颠沛流离，但这些，也只是开阔了少年乐天的视野，并未有深层次的阴影。相对于那些贫寒士子，抱着鲤鱼跃龙门，不成功便成仁的想法来到长安求仕，白居易的价值观和生活态度，都更加全面和积极。正是这样良好的心理素质，让他在以后的一生，历经打压和排挤，却能泰然、放开，最终以75岁高龄，在洛阳山水中寿终正寝。不像那些汲汲营营的士子，上蹿下跳，终究没有什么好的结果。

白居易出生时，李白去世已经十余年，杜甫也已经走了两年多。时代需要大诗人，白居易当仁不让。他7个月略识之无，5岁能作诗，9岁通晓诗韵诗律，15岁写出了“野火烧不尽，春风吹又生”的佳句。

白居易初入长安，还没有什么名气，登门拜见老诗人顾况。顾况一见白居易的名字，就开始调侃他：“长安物价高啊，生活大不易啊。”等看到“野火烧不尽，春风吹又生”的句子的时候，顾况的眼神放光，就像觅得稀世珍宝一般：“能写得出这样的佳句，在长安生活下来，扬名立万又有何难！刚才，我不过是和你开玩笑的，小伙子别见怪哈。”

顾况的抬爱，大大增长了白居易的名气。他有时候在长安以诗会友，有时候游学在外，足迹遍布徐州、杭州、襄州，结交各地诗友，正式开始了诗人生涯。

27岁乡试，29岁第四名进士及第，32岁授校书郎，36岁从地方调回中央，任进士考官，授翰林学士，37岁拜左拾遗，真算风光无限。

可能会奇怪了，32岁才做官，怎么算得风光？

唐朝绵延近300年，也没有一个适合各种出身的做官年龄标准，唯一可考的文字记载，是唐玄宗开元二十一年（公元733年）颁布的一个文件，记录了当时的官员情况，“凡人三十始可出身，四十乃得从事”，即30岁获得做官资格，40岁才能登堂上任。

走科举道路的学子,20多岁获“出身”令人羡慕，但30岁左右拿到做官的资格，也属平常情况。想要真正走上仕途，通过国家公务员考试，仅仅只是第一步，还要“守选”，也就是等待主事部门分配工作。这一等，三五年甚至七八年都是很正常的。如果在“守选”期间，发生了直系亲属的丧事，还必须在家守丧志孝，于是从

及第到任职的时间间隔，还会被拉长。

柳宗元21岁登第，正式授官时，已经26岁；韩愈25岁登第，正式授官时已35岁。而作《秦妇吟》的韦庄，直到59岁才进士及第，官拜校书郎。这样算来，白居易入朝为官，确实还算比较顺利的。

不过，这样的顺境，无人与之共享，也算是遗憾。36岁前后，白居易娶了杨虞卿的堂妹杨氏为妻，生爱女金銮子。娇妻爱女，仕途平顺，白居易的心，就像春风乍起，吹皱一池春风，阳光铺在上面，泛起粼粼波光一样，欢喜而跳跃。

当时，牛李党争如火如荼，李氏一党略占上风，对牛僧孺等指斥朝政的人，或贬或黜。白居易初入中央，责任感和使命感膨胀，上《论制科人状》，不偏不倚，只说随意贬黜官员对朝廷稳定不利，得罪当朝宰相李吉甫和他的儿子李德裕。一失足，便踏进了政治斗争的旋涡之中。

后来，发生了一件震惊京都的谋杀案，主战派武元衡早朝被平卢节度使李师道派遣刺客杀死，整个长安人心惶惶，官员们对长安的治安忧心忡忡。白居易上书极力要求严查杀死武元衡的凶手，因其出位，本就对其有偏见的宰相，更加不喜欢他，贬为州刺史。中书舍人王涯落井下石，说其有违孝义，不配治理郡县，追贬为江州司马。

这一年，白居易44岁；这一年，他写出了绝唱《琵琶行》；这一年，也是他人生道路的重大转折。经过这一劫，褪去了青年的无知和莽撞，知道这个世界，还有远比梦想和追求更为强大的力量；经过这一劫，无知无畏、敢于直言的白居易死了，世间有的，不过是乐天知命、放情自娱的白乐天。

直到宪宗崩逝，穆宗即位，白居易被召回政治核心。曾经以为仕途的第二春来了，只可惜当时朋党之争有增无减，朝堂之上难有作为，“高有罾缴忧，下有陷阱虞”。为了免于再遭迫害，长庆二年（公元822年），白居易自请外放，成了杭州刺史，这一年白居易50岁。

在杭州的两三年，应该算是白居易比较矛盾的日子。一方面他政绩斐然，修筑堤坝，蓄水灌田，西湖湖害变水利，人们拥戴他，将所筑堤坝命名为“白堤”；一方面，他狎妓、嗜酒、礼佛，整个人生，进一步消沉。

白居易嗜酒，每当良辰美景，邀约朋友到家欢聚。相传白居易家有池塘，泛舟时，船的两侧挂满皮囊，里面或盛佳肴，或装美酒，一边饮酒，一边吟诗，一边抚琴，小蛮跳《霓裳羽衣》，樊素歌《杨柳枝》，不亦乐乎。

白居易的爱酒和陶渊明的清高、李白的窘迫是不一样的。他有丝竹相伴，美姬作陪，优哉游哉。

“原儒认同好色，大儒何妨狎妓”。文人蓄养家姬的做法，源于东晋。东晋谢安栖隐东山时，放情山水，以声色自娱，每出游必携妓偕行。经过长时间的发展，狎妓、蓄妓、携妓等已成为文人和官员生存、寻求认同的重要组成部分，与人的品行文章基本无关。甚至不认为白居易蓄养家姬就是老来入花丛，晚节不保。且不说当时社会风气使然，上至皇亲国戚，下至坐贾行商，只要有余力，无不这般作为，朋友之间互相攀比、互相交换，也是常事。为何对白居易，苦苦揪着不放呢？

白居易杭州任满，转任苏州，后以太子左庶子、太子宾客的身份，官任洛阳。他花掉毕生积蓄，在洛阳香山买了宅院，和刘禹锡结伴，从此不再复出。

在他人生的最后十余年里，樊素一直陪伴在他的身边。

没有人是完人，白居易也不是。青春不再，他更加消沉，对世事风浪更加退缩畏惧。他更加愿意厮混在这样一群无忧无虑的年轻女子中间，听她们唱歌，听她们调笑，抚慰这颗饱经沧桑的心。

杨柳轻拂的午后，白居易歪在竹编的躺椅上，享受着耳边萦绕着的银铃般的笑声。樊素是个任性活泼、爱撒娇的女孩子，跟着他的时候才十四五岁。她任性、生气的时候，喜欢嘟着嘴，两只脚还在石榴裙下“扑棱扑棱”地蹬着地。每当这个时候，他总会一脸笑意，伸出手，揽她入怀，抚着她的长发，说一大堆安慰人的话。她总是乖乖地伏在他的怀里，用手轻轻地捶他的肩，捶累了，就不动了。遇到心情好的时候，他会说：“素素，唱首《杨柳枝》吧。”樊素酝酿情绪之后，樱口一开，余音绕梁，三日不绝。

和她们在一起，白居易越发感觉到自己的苍老。多么希望，能够遇到她，在最美好的时候。而现在，他风烛残年，顽疾缠身，命不久矣；樊素陪伴了他十余年，三千六百多天，现在韶华尽失，已经二十五六的老女人了，人老珠黄。如果他死后，她的处境将会更加悲凉。

白居易能给樊素的，除了放手，除了妥善的安置，还能有什么？

白居易把樊素和一匹爱驹托付给一位至交，希望能在他走后，给爱姬一个衣食无虞的生活。也许以后不再有人这般地怜惜、钟爱她，但是至少还有富足的生活，对于这个老人家，这样也算安慰一些。

然而，樊素和马，都久久回望，不愿离去。白居易情不能自已，写下《不能忘情吟》，决定在自己有生之年，让他们都能留在自己身边。

这个决定有些冲动，在风症越来越重，自己越来越掌握不了自己的时限之后，白居易还是为樊素找了一个稳妥的去处。白居易的晚年生活并不单调，只是曲终人散，看到满头白发，病躯奄奄，想起樊素，想起那些有美在堂的日子，只觉得那烂漫春光，仿佛和她一同离开了自己，渐行渐远。这里，只剩下春尽花残，风烛老人，惆怅寂寞。

于是，白居易，这个孤独老人走向了死亡。

喜欢临死还为妻妾分香的曹操，不喜欢几乎没有情欲的诸葛亮。总觉得曹操是人，只是比我们大智大勇，比我们有作为；而诸葛亮是神，不食人间烟火，却让人觉得冷。

当西楚霸王，面对虞姬自刎于前的时候，那种为爱情而生、为爱情而死的决心，让人动容。于是，喜欢“气拔山兮力盖世，时不利兮骓不逝”的落日英雄项羽，胜过“大风起兮云风扬”的胆小高

祖刘邦。

只是，当年华老去，人们都要面对死亡的时候，你追忆的，是过往的辉煌，还是永远不能弥补的遗憾？

就如不同年轮的爱，有交集，但是彼此的空当太大，我不知你的前半生，你管不了我的后半生……

女追男的攻守之道

——君家何处住？妾住在横塘

君家何处住？妾住在横塘。

停船暂借问，或恐是同乡。

——唐　崔颢·《长干行》之一

女人的美貌是天生的，生来的尤物，是天赐的恩物；女人的味道是自己的，30岁的女人，就需要为自己的外貌负责任了。沉鱼落雁是困难的，气若幽兰是可行的。

而女人的最高品位，在于选择另一半。选择了什么样的伴侣，就选择了什么样的人生，这句话是一点都没有错的。所以当王子被发现，姐妹们，可千万不要放过啊。

在中国，女追男是有传统的。但凡中国的爱情故事，女人不但美若天仙，也都热辣主动，而男人常常很被动，很软弱。《天仙配》如此，《梁祝》如此，《白娘子永镇雷峰塔》如此，《女驸马》更是如此。她们大胆地主动追求爱情，幸福如探囊取物。

而西方，不论是希腊神话，还是莎翁戏剧，男人豪迈阳刚，女人柔情似水，男女界限一清二楚，并没有这样混淆。

难道，从中华儿女的起源上，就有了性别的错位？《圣经》说，上帝创造了男人亚当，再取了亚当的肋骨创造了女人夏娃，所以男人一辈子都在寻找他失去的肋骨。而我们的上古神话是这样阐述人类起源的：大地之母女娲，在补天之后，觉得大地寂寞，用补天剩下的七色土和水，按照自己的模样捏造了女人，然后又创造了男人，所以女人一辈子都在照顾男人。

在这样的文化鼓吹下，就诞生了这样的俗话：男追女，隔座山；女追男，隔层纱。仿佛只要你有勇气，捅破这层窗户纸，那个男人的心，就是囊中之物了。其实不然！

男追女叫追，女追男，就叫倒追。女人一旦掌控了局面，就感觉很别扭。

话说有几个女人，是因为灵魂的美丽而被爱的。对你外貌心存微词的男人，永远也不能留意到你在苦练内在修行。这样提升自我是好的，为男人不值得。有位聪明的女子说过："女人的追求其实只是用行动告诉这个男人，请你追求我！意思是拉开架势，垂下鱼线，愿者上钩而已。"

所以，女追男要讲策略，要有攻守之道。倒追不是不可以，只是不能像男人追女人那般。什么时候坦白和无可辩白的示爱，都不是上上策。欲拒还迎啊，萍水相逢啊，女追男的最高境界，就是当你追到心爱的男子之后，他还傻乎乎地认为，是他追的你。

不过，如果你是樊梨花，遇上了薛丁山那样的木头，那就另当别论。

唐朝初年，太宗威加四海，唯有西北边境，西凉为乱，多次出征未能收复。

只因西凉第一座关城——寒江关，依山傍势，挡住了东西往来的大道，地势险要，易守难攻。守关都督樊洪，熟读兵书战策，骁勇善战，称得上是一夫当关，万夫莫开。大唐王朝西进，寒江关就成了第一块难啃的骨头，多次派兵征讨未果。

樊洪有两子一女。爱女樊梨花，此女虽生得花容月貌，从小生长在军营，像男孩子一般养大；又拜在梨山老母门下，学得一身玄门法术，可以移山填海、撒豆成兵。性格率直了一点，也粗鲁了一点。好在是在西凉，民风彪悍，梨花的直率性情，倒也成了一大亮点。

樊洪将女儿许给了白虎关守将、大将军杨藩为妻。樊梨花千个万个不愿意，她惦记的，是那个路见不平的白衣男子。

一日，梨花在寒江关外游荡，着汉人衣饰，被一群西凉粗人追赶。梨花喜欢那种“老鹰抓小鸡”的无力感，这是她在现实生活中感受不到的，于是只周旋，不反攻。此时，一个男子，一袭白衣，救下了她，送她回家。

从此，梨花的心里，就只有他了。她期待着，能再见他一面，直接告诉他："娶我做你的妻子吧，我叫樊梨花。"

可惜的是，丘比特的箭，也射不穿白衣男子古板的心。他叫薛丁山，平辽王薛仁贵第三子。汉人与西凉人，在他眼里，生来就是宿敌，不应该有任何交集。当丁山知晓梨花一样是西凉人，那怜香惜玉的男儿情怀荡然无存，取而代之的是有一种被调戏的羞辱感，于是他恨上了这个女子，一个和他素无仇怨的女子。

大唐出兵，再次攻打寒江关。这是一场鏖战，唐军连克界牌、金霞和截天三关，势如破竹；寒江关也请来了玄门术士，各施妙法。两国交兵，互有输赢，胶着了三月有余。

薛丁山驰援，形势瞬间起了变化。西凉国师阵亡，樊龙樊虎寒江关少将，一死一伤。军中人人自危，无心再战。樊梨花自请出战，扭转乾坤。

阵前一见面，樊梨花心里就唱起了"恋爱大过天"。阵前不是别人，正是自己的心上人，单恋的那个他。薛丁山一心想了结迎战的西凉女将，招招致命；樊梨花却想试探薛丁山的人品武艺，招招留有余地，一边周旋，一边盘问薛丁山的家庭渊源。

薛丁山武艺超群，十万大军中如入无人之境，英武非凡，更难得是一副古道热肠。和那獐头鼠目的杨藩一比，一个天上，一个地下。

薛丁山求胜心切，步步紧逼，却也占不得先手，心下觉得以前看轻了这个女子。

樊梨花自报家门，也坦露了对薛丁山的情意，愿意嫁与丁山为妻，许诺说服父亲归降大唐。薛丁山听到这“一面气墙两面光”的好事儿，娶得这个有才有貌有胆识的女子，攻下寒江关，又是不世之功，何乐而不为？正是郎情妾意，二人在阵前许下了白头之约。

梨花带着薛丁山返回寒江关，希望父亲能认下这个毛脚女婿。女儿战场私定终身不说，还是敌国敌将，这让老将军樊洪如何接受得了？

薛丁山本性纯良，准岳父不认可让他很挫败，想起之前樊梨花的戏弄，又听到了一些闲言碎语，对樊梨花的误会更深一层。樊梨花不报兄长之仇，不听父母之命，盗卖寒江关，私定终身，这样不忠不孝、不仁不义的女人，不配做他薛丁山的妻子。反口悔婚，奔回唐军大营。

对于他的小心思，樊梨花懵然不知。她就像所有怀春的少女一样，活在爱情的憧憬里。因为自己搞不定父亲，满心愧疚，希望用自己的真心实意，打动食古不化的父亲，追回和薛丁山之间再度拉开的距离。

薛丁山的言语伤害、避而不见，樊梨花都接受了。别人说，恋爱的女人，为了留住心爱的人，会不断降低自己的心理底线；而男人，总是事先设定好底线，一旦触及，便离开，头也不回。所以男人锲而不舍，终究会抱得美人归；而女子，越执著，越受伤。樊梨花三擒三纵薛丁山，只是希望他能更重视自己，知道她是一个有才干的女人，可以帮助丈夫建功立业。薛丁山却不是这么想的。偏见已经植入骨髓，再加上大男子主义作祟，被这么一抓一放，再抓再放，又抓又放，男人颜面尽失。他对父亲平辽王薛仁贵撂了狠话：

“如果让我和这个女人结婚，我情愿和她决一死战，宁愿死，我都不愿意娶她的”。

然而寒江关难过，久战不利！程咬金看出了樊梨花对丁山情根深种，而梨花的归顺，对大唐有百利而无一害，于是在太宗处请下圣旨，二人择吉完婚。

这边，樊梨花待嫁女儿心，每个要成亲的女子，都会有点神经质，患得患失，舍不得一个人的轻松自在，又切切实实地向往两个人的生活。

然而，婚后的生活，远比她想象中的更加艰辛。

在这场婚姻中，薛丁山自我感觉是被逼就范的，于是对她的责任和感情就更少了几分，就好像是，她樊梨花自己要嫁过来的，幸不幸福，和我薛丁山没有任何关系；另外，薛丁山已有妻房窦氏仙童，还有一个青梅竹马的情人陈金定。这场女追男的爱情，一开始就注定是弱肉强食的，是要抢夺的。在这场婚姻抢夺战里，她没有任何可以凭借和依仗的，她就是她，她自己，她一个人，从西凉寒江关远嫁的女子，不受丈夫重视和宠爱的女子。

而薛家上下，对梨花缺乏原生的信任。樊梨花用尽心力，学习中原礼仪，服侍公婆，出为将，入为妇，为薛家操心、付出。但是所有的努力、所有美好的表象，总是因为一点分歧，一点小误会，就打回原形。

她觉得很累，只是生活，就需要全力以赴。多少次，她都问自己，是不是自己爱上的，只是海市蜃楼般的臆想。现在的丈夫，哪里还是最初理想中的样子？

误会的种子撒下，就生了根。一旦有了流言的滋养，就会疯狂地生长、蔓延，淹没人的正常思维和理智。为了心中的那点固执与偏见，薛丁山一而再地误会樊梨花，休妻的戏码，重复上演。什么为了一己之私，杀害父亲和兄弟，什么失了“忠孝仁义”的大节，什么与他人有染，欲加之罪，何患无辞！

一段失败的爱情，幸福是选修项目，而心碎和背叛，成了主旋律。樊梨花本可为自己的婚姻，选择一条更为平坦的道路，却又不是她所愿。不过“女追男”，真是一件开弓没有回头箭的事情。此时此刻，她才那么清楚地认识到，一味地付出，不一定能得到回报。他不爱的话，她的所有付出都是负担，回报的将是怨恨和更深的隔阂。

她放弃了，爱情不是她的长项，扭曲的爱情更不适合。她回到了当初背叛的寒江关，深深悔恨。为了一场先天不足的单相思，她牺牲的实在是太大了。

世道是公平的，每个人随着性子做出的事情，都要在事后付出代价。

薛丁山兵败，雷霆震怒，一夜之间，世子成庶民。薛家的荣辱兴衰，就系在了樊梨花回朝的事情上了，雨过天晴还是家破人亡，薛丁山心里有数。

樊梨花，已经不复当年模样，那个仰人鼻息的小媳妇儿已经过去了。薛丁山为自己的轻慢付出了代价。

一请，樊梨花没见着，反被抽了五十皮鞭。旧人新妆，给过去一记响亮的耳光。

二请，七步一拜。樊梨花诈死，还是不见。男人，需要思想斗争的时间。当身边的人，也许，再不会回来，你才会丢开桎梏，给她全新的评价。

三请，三步一拜，拜上寒江关。樊梨花依旧装死，薛丁山在灵前，诉说了深深的悔意和思念。想来经过长日反省，也并不是虚情假意。

樊梨花心中的坚冰，彻底融化了，夫妻双双把家还。此后，薛家一门忠烈，妻贤夫兴旺，母慈儿孝敬，成就了大唐的又一传奇。

在这场感情戏里，几次形势大逆转，都是外力所致。皇上下圣旨，薛丁山娶了西凉女樊梨花；又是皇上下圣旨，薛丁山请回了下堂妻樊梨花。

可是这个世界，哪有什么姻缘天注定？已作不失，未作不得。姐妹们，如果自己不全速奔跑，抓不住幸福，还有什么可抱怨的。我们永远也别指望，还有皇帝，给你的心上人颁下圣旨："你的她，在那里，快去找她，找不到不许回来！"

而女人主动的爱情，不适合打持久战。"温水煮青蛙"，只能让姐妹们陷入万劫不复之地。男追女，就像品茶，开始并不觉得怎么好，慢慢厮磨，茶苦到茶香，越品越有滋味；女追男，就像兑果珍，开始口感丰富，越冲越淡，到最后，就成了一杯白开水。对他的好，只会拉高他的期望值，等到他心安理得接受你的关心，那么爱情，就离你越来越远了。

女追男，进退有据，攻守有道。

生命中许多的美好，是可遇不可求的。而最幸福的爱情，就是找对了人，他纵容你的小习惯，而你不取悦，也不担心他会走开。如果有这样的男子，女追男又何妨！

追不到的人，就像一瓶买不起的香水，因为暂时得不到，让你的期待不断攀升，一时间，别的香水都失去了味道。但是，这种感觉终究会淡去，时间，会把对的人带到你的身边。做好自己，随时准备发力。

不是爱情不眷顾你，不是命运不眷顾你，终究还是，自己对自己，爱得不够！

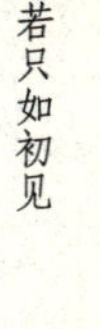

第二部分

相思：思君令人老

思君令人老，也许只是一瞬，也许就是一生。

要么心爱，要么离开

——此情可待成追忆，只是当时已惘然

锦瑟无端五十弦，一弦一柱思华年。
庄生晓梦迷蝴蝶，望帝春心托杜鹃。
沧海月明珠有泪，蓝田日暖玉生烟。
此情可待成追忆，只是当时已惘然。

——唐　李商隐·《锦瑟》

爱情，大抵是个什么姿态？不相识到不相认，心爱或是离开，同样的两个人，天壤之别。

“此情可待成追忆，只是当时已惘然”，只是用自己的记忆，来记忆和凭吊别人的故事罢了。

一名江氏女子，从福建莆田，远远来到这长安宫阙。

她的夫君，唐玄宗李隆基，天纵英才，风华绝代。拨开武氏乱政之阴霾，诛韦后，平太平公主，挽大唐王朝于既倒。

这样的辉煌，青史垂名是远远不够的。整个大唐锦绣河山，唐玄宗捧给了武氏惠妃，用天下换笑颜。

玄宗对武惠妃是爱到极致的，给了她胜似皇后的一世荣华；玄宗对武惠妃是偏心的，帝王难得的真心，生生都给了她……

然而，武惠妃死了。泱泱大唐，无人与之共享，坐拥天下又如何？

江氏女，采苹，就在这个时间，巧妙地嵌入了玄宗的生活。

她打心底里是介意的吧。一生一次的爱情，他给了武惠妃，那么终了一生，都是苦苦追寻的泡影。而像她这般清绝、傲然的女子，断不会迷恋宫闱之中的波谲云诡。在大明宫里，要么被“污染”，一样夺嫡争宠，不遗余力；要么被“谋杀”，在后宫战争中挫骨扬灰，成为谈资，然后遗忘……

那他能给她什么，是三千宠爱于一身，还是仅仅只是心里面的一个角落？采苹淡然。而她的恬静、坦然，正是整个宫廷中缺少的清流，涤荡着玄宗那颗在盛世浮华和痛失爱人的纠缠里伤痕累累的心。于是宫阙退为背景，六宫粉黛成了陪衬。

情缘来了，迟则迟，却轰轰烈烈，无法抗拒。

采苹倾城容颜，不喜繁复，只爱淡妆雅服，清绝如月中仙。采

苹爱梅成痴，梅开时节，每每徜徉梅树之下，诗词歌赋，夜深了仍不愿离去。因采苹爱梅，玄宗封为“梅妃”。

梅妃爱梅，坊间争相进献《病梅馆记》。

梅妃蕙质兰心，常以“未若柳絮因风起”的东晋才女谢道韫自比。她和玄宗，一个善辞赋，一个工音律；一个作曲辞，一个配乐舞，那种高山流水遇知音的感情，远远超出了一般帝王与嫔妃之间豢养和取悦的关系。

曾几何时，她在梅下起舞，罗衣长袖交横，轻飘如仙；乍回雪色，依依不语，仿佛是越国西施，依稀是汉宫飞燕。梅影婆娑间，心爱的男子，玉树临风，或抚闲琴，或吹玉笛，满满一目柔光。她多么庆幸，《周南》《召南》中流出的诗篇，晕染的芳华，让她从一帮庸脂俗粉中脱颖而出。多年前的那个梦想，原来就只是为了这一刻，能与他低吟浅唱，在他目光中翩然扬身。

君王的爱太短暂，握在手中，须臾流失于指缝。此刻，梅妃万千宠爱集于一身，孤芳自赏和傲气难驯也成了优点，牵引着玄宗的目光。

玄宗宴客，梅妃随伺，为诸王斟酒。宁王已有五分醉意，起身解酒，不小心踢到了梅妃的绣花鞋。梅妃很生气，气宁王酒后失仪，还是有心调戏，总之借绣鞋珍珠松脱，愤而离席，酒阑席散也没有回来。玄宗前去探视，她并未搬弄挑拨，推说身体不适。直至后日，宁王前来坦白，玄宗才知真相。在玄宗心里，梅妃就是个爱耍小性儿的“梅精”，疼爱又多了几分。

然而，男人爱你的时候，会夸你聪明；不爱你的时候，你又太聪明。天子的“宠爱”，就是以“爱情”之名，种下的罂粟，美艳醉人，却是一种蛊，杀人于无形。

杨家有女初长成，一朝选在君王侧。这个杨氏女子，搅了梅妃的爱情春梦。凌波舞太过清寒，如何比得过《霓裳羽衣曲》的盛世气象？长安宫阙换了景致，沉香亭里的牡丹，旖旎了整个大唐。

君王有太多的选择，花心和花眼一样，都是常见病。真相这个东西，总是让人难以接受。在爱里，梅妃自视过高。作为一个影子式的女人，今日是你，明日就可能是她。玄宗如同集邮一般，收集着爱情的记忆。

梅妃和杨贵妃，一个清高孤傲，一个明朗活泼，各有各的风情。然而杨贵妃，期待着和三郎过着一夫一妻的理想生活。于是宫廷的女子，都成情敌，一一被清理出了玄宗的视野。

几番交往，梅妃败下阵来，被迫迁至上阳宫。

梅妃，江氏采苹，何等玲珑的人儿，她了悟了。在这场多人角力的情感大戏里，她曾是主角，拥有他全副心肠。但是，爱，有时是真心话，也可能是大冒险，随时都有接不下去的危险。他到底在那国色天香中迷失了心魄。大明宫中，再没有了她的战场。

选择了这个男子，生命中唯一被允许的男人，也就必得忍受着命里钦定的寂寥。“上阳人，上阳人，红颜未老白发新”。这是知识女性的高姿态。她和玄宗、杨贵妃的感情博弈，要么深爱，要么离开。

上阳宫的日子很长，就像一条歪歪扭扭的线，漫无目的地蔓延着。天明，梅妃独自徘徊，一个台阶，又一个台阶，上了又下，下了再上。夜沉了，静静地蜷缩在黑暗中，寂寞，抛不开、挥不去。

宫道骤起烟尘，梅妃问道，这是哪儿来的驿使啊？莫不是送梅花的使者？侍女答：岭南来的，给贵妃送荔枝来了。梅妃心情该有多复杂啊，哽咽着，忍着不流泪。

梅妃失宠，可怜梅枝凋零，风华不再。玄宗漫步梅园，睹物思人，想起那个精灵般的梅妃，忆及似水柔情，心中泛起刻骨相思。对梅妃的怜悯和愧疚，酝酿出和梅妃相见的欲望。

她等待这一天，已经太久太久了。

还是那个温馨的地方，还是以前温存的两个人，只是感觉有了些些异样。梅妃越发清减，形容消瘦，回到原来的屋子，物是人非，感慨良多。玄宗见她如此，心生恻然，一时相对无言。两人追叙旧情，恩爱缱绻，不觉天明。

宫中隔墙有耳，未几，杨妃气势汹汹而来。玄宗将梅妃藏在夹幕中，与杨妃周旋。梅妃在幕后，第一次亲身感受到玄宗和杨妃之间的关系，和她之间多么不同。在贵妃面前，玄宗就像一个犯错的孩子，极力掩饰着自己的错误和慌乱；而杨氏，就像一个有足够掌控力的母亲，冷冷地看着他说谎的样子。这一幕里，丝毫没有她的戏份。梅妃顾不得光脚，逃也似的退回到了自己的世界。

山中岁月容易过，世间繁华已千年。梅妃在上阳宫中，熬过了十年的寂寞岁月。

在玄宗的心里，常常是想着梅妃的，赏牡丹的时候，看《霓裳羽衣舞》的时候，甚至和宁王对饮的时候……然而，在爱里，仅仅有想念，是远远不够的。不能长相守，不如不要长相思。

失意的人，有无尽的诗意，将往昔幻化成美妙的诗篇。梅妃将心中的感慨，碾成了《楼东赋》，真真的染了血、滴了泪进去。

梅妃在上阳宫中的生活并不好过，凄凉的心境和对新生活的向往，触动了玄宗的记忆。旧情难忘，玄宗怀着补偿的心态，偷偷给梅妃送去了一斛珍珠。

只是一斛珍珠而已，只是想念和报偿而已，也许玄宗根本就没有想过召回梅妃的。这么做的机会成本太大，风险太高，玄宗不敢冒险。贵妃就像一团炽热的烈火，撩拨着已近暮年又不甘衰老的玄宗，这是他平静生活中不能缺少的。再没有儿孙绕膝，只求红颜相伴，而且杨贵妃可比梅妃难哄多了……

梅妃见珍珠，想起在夹幕中亲历的那一幕。杨妃对玄宗的把握，远远超过了侍妾的身份，如同心灵的伴侣，不能不见，不能不相伴。而自己，连奢求都是多余，旋即写了一首诗，夹在珍珠里，退还给了玄宗。

> 柳叶双眉久不描，残妆和泪污红绡。
>
> 长门自是无梳洗，何必珍珠慰寂寥。

从此，梅妃和玄宗，死生不复相见。

后来，渔阳鼙鼓动地来，玄宗带着杨贵妃逃亡蜀地，还有一人，被遗落在兵荒马乱中；后来，在马嵬坡，玄宗赐死杨贵妃，而长安宫中，还有一人，信守当初的誓言，跳下古井香消玉殒；后来，玄宗归来，皇权不再，玉人不再；后来，雨打金铃，是杨妃在耳边喁喁细语，竹影婆娑，是梅妃在翩然起舞……爱情就像指间沙，一念之间，流失殆尽，只剩下：

此情可待成追忆，只是当时已惘然。

无情不似多情苦

——八骏日行三万里，穆王何事不重来

瑶池阿母绮窗开，黄竹歌声动地哀。

八骏日行三万里，穆王何事不重来？

——李商隐·《瑶池》

近日在微博上看到，全国60岁以上的老人，超过半数（57%）后悔没有好好珍惜自己的伴侣。

总以为时间还长，总以为还有机会，向爱人倾诉衷肠，总以为经济条件越好，才能爱得越多……殊不知，时光不住，青春已老。65岁的时候，终于有钱买25岁的时候，她喜欢的那条裙子，又有什么意义呢？

不珍惜感情，换来的是毕生的遗憾，就像游戏人生，终会被人

生调戏。那么，那些欺骗情人，利用感情上位的呢，该用什么来惩罚他们？

反观历朝历代，有两种人，一直都挺有市场。

一是伪君子，表面正派高尚，实则一肚子坏水，不择手段。就像岳不群，人称“君子剑”，言行举止大方得体，处处退让，令人钦佩。背地里，好恶贪婪，为一己私欲，无所不用其极。为得到《辟邪剑谱》，双手沾血腥，屡次背信弃义、栽赃嫁祸；为习得辟邪剑法，自宫转性，爱妻守活寡，还要时不时出场秀恩爱，悲哉！

“伪君子”远比“真小人”可怕。你给他一块砖，他给你一块玉；你给了他玉，转头给你一砖头。“真小人”贴着标签，很好识别，坏也坏得坦坦荡荡；“伪君子”永远笑着，微翘的嘴角，飘着死亡和腐坏的魅影。

第二种是感情骗子，从来真心缺货，虚情假意却可以买一赠一。不过人们对感情骗子的容忍度，历来是比较高的。负责任的骗一辈子，不负责任的骗一阵子。

有时候真不太明白，女人，可以很大度地原谅出轨的丈夫，却很小气地记恨着门外的小三。那个男人，却用简单一句“只爱你一个”，轻易骗走了老婆和小三两颗心。曾经看过一个报道，某男子在世界各地娶了N个老婆，在一个老婆处停留一段时日，就说自己要环球旅行，收拾行装到下一个老婆家。讽刺的是，事情曝光之后，这N个老婆都认为自己是该男子的真爱，并表示如男子归来，都会真心接受，再次共同生活。

是女人傻吗？还是骗子手段太高？

盛唐，盛产俊男美女、才子佳人，附带的，总会有那么些披着羊皮的狼。

“花非花，雾非雾。夜半来，天明去。来如春梦几多时？去似朝云无觅处。”

夜半来，天明去，春梦了无痕，就像张生和莺莺，就像曾经的他和她。

他总是踏夜而来，抚她黑发，温柔缱绻；清晨离去，清冷决绝，言语告别都省了。接下来的一个月、两个月，他如同消失一般，毫无音信。直到下一条短信到来“你在做什么？”

门内门外，态度反差之大。仿佛昨夜的温柔，竟不是一个人。这样维持了两年，她终于说出了：“我们在一起吧。”结束还是重新开始，她都接受，最后一抹微笑，在转身之前。

于是，他不再来；终于，她不再做月光下的影子。

张生和莺莺的情缘，始于一个男人“抱布贸丝”的胸怀。

张生，在同伴看来，是个好孩子，性格温润纯良，玉树临风，有底线，有原则。同行士子半开玩笑，二十三岁的处男，不近女色。

张生并不生气，自诩为“真好色者”，和登徒子不是一个层次。登徒子的妻子奇丑无比，但他却很喜欢她，并和她生了五个孩子。登徒子已然成了“色盲”，只求肉欲满足，不论美丑，来者不拒。而张生，喜欢尤物，是值得放在心里的“物之尤者”。

一说起尤物，浮出来《红楼梦》中的尤三姐，有着万人不及的风情。而在宁国府这么个肮脏混乱的地方，她必须是微尘，任人践踏，绫罗珠翠给不了她生活的希望。

更愿意相信，尤三姐对柳湘莲的执著，并不是爱情，而是对自我的一种救赎。柳湘莲是渡她出苦海的舟，帮助她逃离这种连自己都嫌恶的生活。

等待多年之后的绝望，执著多年之后的破碎，是无法承受的重量。尤三姐选择让死亡带走屈辱的躯壳，她比红楼中的所有下层女子都更明白，只有鲜血，才能洗掉身上的污垢。

相比柳湘莲，千年前的张生，可虚伪多了。

柳湘莲只是嫌弃，无法容忍未婚妻的不贞洁。他来退婚，只是想，和这连门前狮子都不干净的宁国府划清界限，让自己的生活回归正道，保有原来的干净和刚直。

张生，就像一个恶毒的脂粉客，风流之后，对枕边人恶言相向。在他出仕之后，那番“天之所命尤物也，不妖其身，必妖于人”的言论，自我粉饰，将始乱终弃的“原罪”归于旁人。尤物，不害己便害人，我张生德行不算崇高，不足以压制妖孽，只有忍痛割爱，和她崔莺莺分手。

之前听过的最可笑的分手理由，是“我变了，是环境改变了我，和我没有关系，你也不要怪我”。和张生的高论一比，小巫见大巫了。

于是，只能认为，张生初识莺莺，所作所为，都是“等……之后”那样的欺人之言，表面之行。

张生在蒲州普照寺，认识了崔相国遗孀，莺莺的母亲。崔夫人本为郑氏，和张生母亲同姓，张生认了亲，攀了交情。

像张生这般“内秉坚孤”的人，断然不会乱认亲戚。一来崔相国虽死，想来朝中仍有门生，影响力还在；二来崔氏一家，此次出远门，就是为了回长安。张生不日将要去长安应考进士，认识这么一户人家，自然有百利而无一害。至于后来认识了莺莺，软玉在怀，只能算得攀亲的副作用，也是一件打草搂兔子的好事儿。

当时，蒲州治安混乱，行政长官纵容兵士滋事扰民。崔家家境殷实，加上当家的是女人，生怕成了砧板上的鱼肉，任人宰割。张生在蒲州混迹多年，和衙门、军中的官吏都有些交情，在乱世中，给崔家撑起了保护伞。崔夫人对张生感恩戴德，介绍自己一双儿女给张生认识，女儿莺莺和小儿欢郎，并让他们认张生为义兄。

崔夫人怎么知道，干哥哥干妹妹，是最暧昧的关系。身边那些干哥哥干妹妹的桥段还少吗，要么曾有情，要么将有情，摆脱不了这个怪圈。怪不得朋友QQ签名改成“愿天下有情人终成兄妹”，只是哑然，一笑而过。

莺莺虽素颜，但光彩照人，体态娇羞，魅力从每一个毛孔散逸出来，扑向张生，让这个“君子”几乎把持不住。

张生确实如他自己所言，好色到了一定的境界，想法也异于常人。

遇到了心仪的对象，常规做法是“窈窕淑女，寤寐求之。求之

不得，寤寐思服。悠哉悠哉，辗转反侧”。当男人爱上女人，想尽办法讨佳人欢心，追求她，留她在身边；女人若不为所动，男人就该犯愁了，日夜都在琢磨，该用什么办法，抱得美人归呢？

说张生虚伪，说他是感情骗子，一点都不为过。连恋爱这么正常的事情，想的都尽是些歪门邪道。

他收买了莺莺的婢女红娘。红娘是个天真可爱的小姑娘，告诉张生，凭公子对崔家的恩德，如果直接向老夫人求亲的话，成功率是很高的。但凡常人，得到这么重要的内幕消息，必定屁颠屁颠地去张罗筹备了。

张生不走寻常路，开始装可怜：“你看，平时我这个人吧，在街上，美女都不敢多看两眼，多么好的孩子啊。自从我上次见了你家小姐之后，话都不知道说了，饭都不知道吃了，满脑子都是她啊。红娘你说的方法好是好，不过要准备定亲礼仪，一来二去，至少都要三五个月的，我早就被这相思病熬死了。好红娘，你看我怎么办才好嘛。”就差没有把“生米做成熟饭”说出口了。

红娘也是老实，着实也是被张生楚楚可怜的样子欺骗了，告诉他，莺莺自我要求很高，断然不会听婢女的话，与人私通苟合。不过是人就有弱点，莺莺喜欢诗词歌赋，每每被别人的故事感动。如果用情诗挑逗她，或许还有机会。

张生拿到了上方宝剑，写了若干情诗春词，托红娘转呈给莺莺。

莺莺也是个奇怪的女子。当母亲把她引荐给恩公张生的时候，她是满心不乐意的，装病不出，还和母亲闹了不愉快。这么一个有文化、有主见的女子，为何会在后面态度如此暧昧？难道美男魅力大到能转人心性？

在和张生交往的时间里，莺莺时而主动，时而退避；偶尔矜持，偶尔放肆，态度极其反复。她期待的，不只是男欢女爱，也还有百年好合。她一边抓住了在当时复杂环境里，条件相对较好的张生，一边却为自己自荐枕席的行为感到不齿。

崔家高门大户，家教甚严，如果没有主人的允许，红娘怎敢在闺阁内外互通消息？红娘对张生的指点，莺莺是知情的，甚至有可能是莺莺授意的。张生文采风流、人才出众，在当地也有一定的人脉关系，在莺莺的接触面里，确实是个不可多得的异性。

不过没想到，张生翻墙求欢，只是私欲，真爱的成分微乎其微。男人如果喜欢一个女人，对话都是从人生、理想啊，这些美好的东西开始的，至少要先描绘一个光辉前景吧。张生一来就写春词，就像第一次见美女，就邀请人家一起看爱情动作片一样，司马昭之心，也太猴急了吧。可惜莺莺看到的，只是张生的文采，没有看到五言20个字背后的险恶用心。

先端服严妆，吓退了张生的求欢之心；后又自荐枕席，主动送货上门。一夜温柔，自此莺莺夜半来，天明去，西厢春光无限。

激情来得快，去得也快，张生求一时之欢的目的达到了，就开始想办法摆脱逃避了。他常常问莺莺崔夫人的态度，寄希望于莺莺母亲知道西厢私情后，出面干涉阻挠，那他就可以全身而退了。莺莺说，咱们都已经这样了，母亲有什么办法，准备成全咱们，认了你这个毛脚女婿。家丑不可外扬，崔夫人希望息事宁人，既然女儿失身于张生，只能将错就错，掩盖女儿的错误。

张生被吓到了，他只图风流快活的。莺莺的很多行为，他没有办法理解。莺莺喜爱诗文，张生多次求教未果；他写的情诗，莺莺也淡然不看；莺莺晚上抚琴，凄恻动人，张生求她弹给他听，她却再也不弹了……是羞怯，还是轻慢，张生只能理解为有些东西，得到之后满足感就会直线下降。没有了激情，连满意度也降低了，张生也就没有了留下的理由，趁着科考之行，决绝而去。

因为考试不利，张生滞留长安，孤枕难眠，想起了莺莺的温柔缱绻，想起了临行前她那哀怨的眼神以及“始乱之，终弃之”的伤心话。他写信给莺莺，还捎给她长安的脂粉和口红，宽慰她的心。

莺莺给他回了一封长信，向张生敞开了心扉。

古有司马相如琴挑卓文君，今有张生情诗挑逗莺莺；古有高氏女子投梭拒绝谢琨，如今莺莺却没有那样的决心。自从张生走后，半边被窝凉透了，思念如野草般蔓延，送来了胭脂水粉，心上人远在长安，装扮给谁看呢？

在莺莺心里，二人同床共枕、情深意长，但是她私底下却因为自己献身而羞耻。不光彩的开始，增加了长相厮守的难度，只希望张生能够有点良心，成全她的心愿；如若不然，她就只能淹没在唾沫里，骨化形销。

莺莺随信还附赠了一枚玉环、一缕青丝和一个斑竹茶碾子，作为信物，“匪报也，永以为好也”。此时的莺莺，已经抛弃了先前的迟疑和反复，全副心思在张生身上，俨然一个逼婚的女子。只可惜鞭长莫及，更何况一个自私而虚伪的灵魂，怎么有良心，如何靠得住？

张生这个无赖，把莺莺的书信展示给朋友，当时很多人都知道了这件事。同窗们都对这个为幸福而努力的女子赞许有加，但是张生恩断义绝，不仅抛弃了莺莺，还用“尤物不害人便害己”的谬论中伤莺莺，把非礼私合、始乱终弃的罪责推给莺莺。

就像你的空间或者微博，终于出现了那个无法释怀的名字。也许，那个时候，他左手揽着新欢，右手指着你的照片，炫耀到“看，这就是那个到现在还忘不了我的数字青年！”

此后，男婚女嫁，互不相干。

张生经过崔莺莺的夫家，两次求见。莺莺心如明镜，负心人不过是来炫耀自己。再高尚一点，不过是让自己心里好过些罢了。如此，何必相见，何必重逢。赠了他两首诗：

其一：自从消瘦减容光，万转千回懒下床。不为旁人羞不起，为郎憔悴却羞郎。

其二：弃置今何道，当时且自亲。还将旧时意，怜取眼前人。

莺莺是个善良的女人，一边埋怨张生的不道德行为，一边还在提醒他，如果你对过去还有留恋，对故人还有歉疚，不如保留这份心意，好好地珍惜眼前人。

只可惜，最终张生再次利用了莺莺。张生知错能改，两次求见莺莺，让他身名更上一层楼。

这段故事，以崔张二人同床异梦开始，两人道不同不相为谋结

束，也是一件好事，好过勉强结合，终成怨偶。

多情，也是一种气质。多情，是一种爱情态度。

爱情没来，你想不到，会那样地爱一个人；爱情没走，你也想不到，那样的爱也会结束。忘却之前，你不信，再刻骨铭心，最后也只剩淡淡痕迹；重新开始之前，你也不信，还能再一次拥有那样的爱情。

只是，多情总被无情恼，多少人都这样，为了一个没有的结果，执著坚持着。

劝一句：莫多情，情伤人！

世间安得双全法，不负如来不负卿
——君问归期未有期

君问归期未有期，巴山夜雨涨秋池。
何当共剪西窗烛，却话巴山夜雨时。

——唐　李商隐·《夜雨寄北》

睡前，躺在床上看仓央嘉措，让我动了心。

“那一刻，我升起风马，不为乞福，只为守候你的到来；

那一天，闭目在经殿香雾中，蓦然听见，你诵经中的真言；

那一月，我摇动所有的经筒，不为超度，只为触摸你的指尖；

那一年，磕长头匍匐在山路，不为觐见，只为贴着你的温暖；

那一世，转山转水转佛塔啊，不为修来生，只为途中与你相见……”

坐在布达拉宫，他是雪域最大的王；游荡在拉萨的街头，他是世间最美的情郎。

仓央嘉措，半生荼蘼，半生寂寥。他生为活佛，身许佛法，却心系凡尘女子，坠入爱河。微服夜出，去拉萨的酒吧里，私会情人。无论美人心上有层冰，对活佛火热的爱情，若即若离，还是行藏败露，仓央嘉措被软禁，心上人被秘密处死，仓央嘉措年轻的心上，反复这么地纠结着。他追求无上的佛法，也思慕美丽的情人：

“曾虑多情损梵行，入山又恐别倾城。

世间安得双全法，不负如来不负卿。”

仓央嘉措，终究是成不了佛的。他怀揣着比凡人更诚挚的情感，有着比一般人更多的愁闷和思虑。佛法还是爱情，此还是彼，确实是个难题！

所有选择都要付出代价的。选择了面包，也许放弃了爱情；选择了奋斗，放弃的可能是自由……而这些，都只能自己买单。明月光还是饭粒子，蚊子血还是朱砂痣，都是一念之间的选择。拥有还是放弃，要曾经还是永远，一种选择就是一种代价。

爱情还是事业，是男子的是非题。于是多少宦游士子，归无定期，什么时候能和妻子闲坐窗边，赏残荷，听雨声，不是在此时，不知在何时，大约只能在那巴山夜雨时。

旧梦还是新欢，是女人的选择题。羁鸟恋旧林，池鱼思故渊，忘记过去，拥抱未来，是痴恋女子的必修课。

有这么一类女子，浓缩了千年的繁华和破碎、追求和幻灭。

她们生活在中国社会最底层，却有着普遍较高的文化素养，工于音律，能歌善舞；她们对自己的生活无力自主，被男人们挑来拣去，却有着自己的判断力，宁为玉碎不为瓦全；她们没有自己的社会符号，就像一个物件，但是经济上独立自足，常常对情人慷慨解囊……

是的，就是她们！许多的文人士子，思慕名妓，就如同珍惜一位知己红颜。

真娘，就是这么一个玲珑剔透的女子。

真娘，原为胡姓，生于长安的书香门第，是个温婉单纯的女子。对于官家小姐来说，幸福的生活都是相似的。

正月，和家人烹茶吟诗，或者踏雪寻梅，其乐无穷。而后上元佳节，火树银花，热闹非凡；四月，杨柳醉春风，真娘携女伴走出闺房，秋千架上春衫薄，长安水边丽人多；而后，七夕乞巧，女儿们期许天公引路，促成锦绣良缘；八月，琼台赏月；九月，庭院赏菊；十二月，围炉博古。兴致好的时候，真娘还会舞一曲，给爹娘助兴。这样，一年又是一年。

她属心于世伯家的公子。两家长辈情谊甚笃，幼年时就许了婚配，一切都只等两人成年，水到渠成。他满腹锦绣，不仅腹有诗书，气质高洁，还长于音律，琴笛笙箫都不在话下。他二人真正是一对璧人，铺在真娘面前的，本是一条铺满鲜花和风景的坦途。

但是谁也想不到，此时的大唐王朝，正当面临着灭顶之灾，牵连了那个时代的每一个人。

公元755年，唐玄宗天宝十四年，三镇节度使安禄山联合契丹、突厥等少数民族，以奉诏讨伐杨国忠为借口，纠结20万大军，在范阳起兵。

此时的大唐，安乐已久，刀枪入库，马放南山。安禄山从范阳，长驱直入，一路几乎零抵抗，一个月就攻占了东都洛阳。西进潼关，长安失陷在即。玄宗携亲眷逃离长安，入蜀避乱。

这一乱，就乱了八年，整个社会，遭受了空前的浩劫。这一乱，唐王朝自盛而衰，从此一蹶不振。京畿之内，不满千户，百叶荒废，豺狼野狗当街呼号；整个关中、中原，人烟断绝，千里萧条。而由于长江天堑的保护，江南免受战火荼毒。中原人士大举南渡，寻求动乱社会中的些许平静。

这些背井离乡的平民，过着“乱离人不如太平犬”的日子，成了战乱的活祭。生活，从此变了格局。真娘只是其中的一个人，所幸的是，太多的诗篇，让我们记住了她。

其实，这样的社会大迁徙，中国历史上先后出现过三次。唐朝的这场变乱，是第二次。

第一次，是“永嘉之乱”，匈奴攻陷洛阳，掳走晋怀帝，五胡入主中原，屠杀王公士民3万余人。洛阳繁华成梦，晋王室迁都建康（今江苏南京），衣冠南渡，八姓入闽，南北第一次大融合。东晋偏安，好风雅，就有了王羲之东床坦腹，郗太尉招之为婿的逸事。

第三次，是“靖康之耻”，金军攻破东京（今河南开封），掳北宋徽宗、钦宗二帝及后妃、宗室、贵卿一万四千人，北宋灭亡。而南宋，在风雨飘摇中宣告诞生。那些在血雨腥风里残存下来的人，如夸父逐日般，追随着宋王室的足迹，一路向南。于是就有了赵明诚和李清照这般在风雨飘零中难觅平静的多情儿女。

如果说，家变国仇带给男人的是无奈与困惑的话，对于女人来说，则是痛苦与煎熬。真娘又有怎样的遭遇，如何从千金小姐沦落风尘呢？

玄宗西逃后，长安城暗流汹涌，朝不保夕。真娘父亲决定举家南迁，在烟雨江南安身立命。在南逃的路上，真娘与家人失散，流落在了苏州。

“上有天堂，下有苏杭”。这座城市，有着和长安不一样的风致。长安的内在气质是强势的，大气恢弘；而苏州的魅力在于小桥流水，含蓄内敛。真娘，以她发达的心灵触角和机敏的感性生命，捕捉着这个城市的脉搏，那样的新鲜感，短暂地压过了人生地不熟的无助。

盘桓多日，身上值钱的物什，都被典卖了。真娘在街上游荡，想找一份差事。她爱上了苏州，爱这里的粉墙黛瓦，爱这里的吴侬软语。她深信，天无绝人之路，苏州，总能让她活下来，等待父亲或未婚夫来寻，然后住下来，一辈子。

思忖间，她被一阵茶香牵引住了。江南的人爱吃茶，她是知道的，那是江浙人生活的一部分。而在长安，喝茶算是附庸风雅吧，老秦人，还是喜欢喝酒，大口喝酒。她走进了这家茶舍，向小二索茶："小二哥，递碗茶给我，有劳了！"

那碗茶，在她手里，翻转出最曼妙的姿态，像极了甩着绿水袖的舞者，笑着舞蹈，转头蹙眉呻吟。真娘轻抿了一口，让甘甜的茶水，滋润她干裂的嘴唇，在她舌尖跳跃。

茶与水，一生相恋，一次即可。即便机缘不太合适，也早已毁坏了最初的意象，终究是不能重来的。真娘在想，长安公子，现在可安好，是否也在惦记着她。

她起身准备离开，听到一段对话，大约是一男子想要找个踏实勤快的丫鬟。真娘感觉到了曙光，没有一技之长，乱世中谋生，确实不容易，好歹自己也被人伺候了这么些年，这些洗衣打杂的活儿还是能够应付的。

她上前搭讪，那男子上下打量了一番，目光颇有内容，只说他的小姨子，家在山塘街的"乐云楼"，确实需要一个打下手的粗使丫头。

真娘就这么跟他走了。这杯茶太昂贵了，毁了一个女人的一生。

那男子，是个地痞，知道"乐云楼"的妈妈在寻花魁，见真娘生得标致，就带来转手卖了。可怜绝世玲珑女，堕落烟花罗网中。

真娘宁死不从，妈妈见惯了，早准备好了软硬功夫，消磨真娘。哭闹充耳不闻，安静下来就耐心开解。真娘明白，门户人家，进来容易出去难。这个世道，能在有生之年，见到亲人，是多少人的梦想。要想留得残躯，就必然有所牺牲。

真娘思谋好了，就叫来了妈妈，展尽平日所长，琴棋书画、丝竹歌舞样样皆精。“乐云楼”虽有几个女子，但都不太出色，眼前的女子，却是个现成的摇钱树，于是妈妈就越发地稀奇她，好茶好饭将息她，好言好语温暖她。

真娘抛出了一个“卖艺不卖身”的条件。她知道，只有保住清白，日后，才能够堂堂正正地走出去，在阳光下，和父母、爱人拥抱；而她也知道，妈妈是没有办法拒绝的，这么一副好皮囊，是她高开的筹码。

于是，胡姓小姐没有了，世上有的，只是真娘。

真娘才貌双全，很快名噪一时。苏州城中那些富豪公子，慕其容貌，都备着厚礼求见。也有风雅的，求诗求字，日不离门，传出了天大的名声。乐云楼，客似云来，日进斗金；而苏州真娘，成了和钱塘苏小小齐名的美姬。

在所有慕名而来的客人中，真娘注意到了一个人。此人姓王，叫荫祥，风流年少，自从在乐云楼见到真娘后，全副心肠都在她身上。王荫祥脸庞俊秀，人品端正，还颇有几分才气，在一堆脂粉客中，真娘对他另眼相看；另一方面，王荫祥，又是富家子弟，平日手头散漫，对乐云楼上下里外，打赏帮衬也十分到位，妈妈也很是喜欢他。

“郎如姑苏柳，妾似长安花。两地惜春风，何时一携手？”面对王荫祥的表白，真娘眼角沁出了眼泪。她转头回了闺阁，为了坚持过去的纯恋，也为了逃避在不适合的时机和地点萌芽的深情。

妈妈陡然间问起了真娘从良的看法，讲到从良的几种不同，颇有感慨，说帮她寻了位富家公子，想娶她为妻。

真娘心下一惊。因她性情乖张，见客不见客，全看心情，妈妈心存不满？还是见她一直守身如玉，妈妈不能再有进一步的繁华富贵？于是收下了别人家的银两，动了心思，想要将她卖出去。她有些害怕，在这雕梁画栋中，真娘倚门卖笑，昔日的单纯消失殆尽，只剩一副游离的躯壳。但是至少她有协议保护，只要她愿意，她可以一辈子保存清白。一出这个门，那就真是半点不由人了。多少姐妹，以为乐从良，结果身如蒲柳飞絮，被无情践踏。这样的悲剧，真娘见过不少。

真娘力劝妈妈，诱之以利，晓之以情。她告诉了妈妈自己心中珍藏的秘密，她在等一个人，这个人在长安，自小就有婚约，只等战乱结束，他就会来南方寻她，给她一辈子的幸福。

说这话时，妈妈嘴角浮起一丝冷笑，真娘心里也没什么底气。进了这勾栏之地，她用生命坚守的清白，早就没有了价值，没有人会相信的。人言可畏，即便来寻，以他家世显赫，断不会让一个青楼女子进家门的。在她选择忍辱偷生的时候，幸福就已经渐行渐远了。这个时候，真娘的心里浮起了一个身影，是王荫祥。如果她必须要选择一条路走，如果他的情意是真的，未尝不是明智的归处。

一次，他们对饮，行花令。真娘从发髻上摘下一枝桃花，掷入酒杯中。王荫祥将桃花重新簪到真娘的发髻上，“笑折杨柳作酒筹，只因无可奈何花落去”。他是懂她的，至少是懂的。

她不知道，她刚刚拒绝的，也就是这个王荫祥的提亲。

妈妈也下了狠招。真娘性格孤直，认准的事情谁也改变不了，也许只有破了真娘的身子，一切生米煮成熟饭，事情才会有转机。王荫祥思美心切，当即拿出重金，请妈妈从中安排，玉成美事。

一场万劫不复的阴谋，在真娘身边蔓延开来。

王荫祥又来了。根据安排，当夜他将留宿在真娘处。他心情忐忑，帷帐缱绻，和女神共赴云雨，将会是什么情景。而这个时候，真娘没有觉得有何特别，直到听到侍女的细语。

真娘默然回到闺阁，倚窗而坐，心里翻江倒海。

战争无情，生命脆弱，一挥手就是永别的事情，见怪不怪。这么些年过去了，父母亲恐怕都放弃寻找了吧。再想想未婚夫，如果他没有成为法门寺的一抔黄土，也许已经娶妻生子了。退一万步，他们两人身份悬殊，情缘已断，永难再续。过往的生活和情感，都已经回不去了。

现在，妈妈见财起意，撕毁当日的约定，对她耍起了心计，如今人为刀俎，我为鱼肉。

对王荫祥，她是欣赏的，以他的家世，对她的那份心思，托付终身是有余的。只是在烟花之地待过，就如同一匹白绢，在染缸里走了一遭，难免有所沾染，再也不似从前的无瑕了。过了今夜，她

唯一的坚持，也会被人谋夺。她的高傲矜持，将成为茶余饭后的谈资。

真娘渴望平静，渴望自由。于是以逃离的姿态，结束了毫无选择的一生，给和王荫祥的故事画上了句点。王荫祥追悔不已，视真娘为嫡妻，终身未娶。

后来，真娘被奉为茉莉仙，墓前的小白花，从默默无闻到香气馥郁，给了清茶空灵的魂魄。因为茶，她的生活翻天覆地，也是因为茶，她的芳名，延续千年。

“不识真娘镜中面，唯见真娘墓头草”，苏州虎丘，一缕香魂，而今供人们凭吊，成为一种文化标志。

看来的毫无选择，真娘其实做了艰难的选择，以生命为代价。记忆和现实差距太大，梦中情人和情人差距太大，她只能选择坚持，靠回忆喂养生活。高傲地死去，还是卑微地活着，这个选择题，实在很残酷。不过有时候觉得，真娘应该是有遗憾的，心若不自由，哪里都是牢笼。回忆是一条没有尽头的路，过往的春天，都不复存在了，就连那最迷醉的爱情，也不过是倒不了带的春梦。

“世间安得双全法，不负如来不负卿”。如来和卿卿，梦想和现实，怎么选择都是错，选哪个都要痛，不如推倒重来，这么决绝，这么偏执，这么伤……

哦，原来你也在这里

——遥指红楼是妾家

骏马骄行踏落花，垂鞭直拂五云车。

美人一笑褰珠箔，遥指红楼是妾家。

——唐　李白·《陌上赠美人》

今年，是个幸福年。身边的朋友们，赶着趟儿地步入婚姻殿堂，一溜烟儿地做了爸妈、准爸准妈。好事儿见多了，总结了之后，发现爱情，一见钟情的少，日久生情的多；婚姻，一蹴而就的少，好事多磨的多；幸福，老天安排的少，自己追求的多。

现在挺好的，每个人掌自己的舵。爱什么样的人，想和什么人白头到老，都看自己的选择。适合不适合，谈谈恋爱试试婚，柴米油盐酱醋茶走一回，居家型的，还是花瓶型的，都有了谱。关键在于咱们自个儿，能招架什么样的。如果看走了眼，没有关系，还有机会结束错误，重新开始。

千年盲婚哑嫁，看的是门第家世，而不是人品性情。从议婚到完婚，必须要经历纳彩、问名、纳吉、纳征、请期、亲迎六大环节。这其中，提亲、问年庚八字、送婚姻信物、亲迎回家，都是“父母之命，媒妁之言”的牵引，看的都是门楣嫡庶。真正要相扶到老的新人，绝大多数都是在走完了婚姻流程才见到对方第一面的。

婚后生活漫漫，多少人削足适履，痛苦地披着那件长满虱子的华丽的袍。于是乎，董小宛才高貌美，因身落贱籍，只能做妾；刘兰芝蕙质兰心，却不被婆婆喜欢，只有被休返家。

李白在田野间，遇到一妙龄女子，马蹄惊扰了女子的车驾。女子见是个翩翩少年，心旌荡漾。卷起珠帘，指着一栋高门说：“你看，那里就是我家。”羞涩之余，就是说，你要是喜欢我，就差人到我家来提亲。不愿相信，有人说那是个职业的烟花女子，色诱李白。更觉得，那是一段邂逅的情缘，一个勇敢的女子，指引自己爱情的前途。

然而，并不是每个女子，都有勇气挑战世俗；也不是每个男子，都愿意为爱人抛弃所有。于是，世间便有了太多的遗憾，于是孔雀东南飞，织女会牛郎。

再来说说我们的白居易，乐天居士。白居易前半生名动天下，仕途还算平顺，虽有起伏，也一直都在地方大员及以上层次，晚年隐居洛阳香山。在中唐的士人中，也算善始善终了。

感情方面，白居易还算谨慎，娶了杨姓女子为妻，一生再无绯闻。中国古代，娶妻求的是门当户对。妻子如一进巍峨的牌坊，彰显门楣，就像白居易的妻杨氏，杨虞卿和杨汝士的妹妹，名门望族，深得白母喜爱。

但她不是白居易的那杯茶，一则杨氏本人不识字，不懂诗词，和白居易没有共同语言，二来杨氏过惯了锦衣玉食的生活，对夫家有许多物质方面的要求，白居易不堪其扰。新婚，写了一首《赠内》的劝妻诗：

生为同室亲，死为同穴尘。他人尚相劝，而况我与君。黔娄固穷士，妻贤忘其贫。

冀缺一农夫，妻敬俨如宾。陶潜不营生，翟氏自爨薪。梁鸿不肯仕，孟光甘布裙。

君虽不读书，此事耳亦闻。至此千载后，传是何如人。人生未死间，不能忘其身。

所须者衣食，不过饱与温。蔬食足充饥，何必膏粱珍。缯絮足御寒，何必锦绣文。

君家有贻训，清白遗子孙。我亦贞苦士，与君新结婚。庶保贫与素，偕老同欣欣。

翻译成大白话，是这样的：我们既然已经结婚了，生同衾死同穴，我一定不离不弃，生死相依。但是我也希望你能够像古代名士黔娄、冀缺、陶渊明、梁鸿的妻子那样，安贫乐道，和丈夫志同道合、举案齐眉。这样的道理，即使你不识字，也是应该明白的。人生所求，不过温饱而已。我也是经历过战乱的苦孩子，“清白”是家训，也是我的坚守。只要不戚戚于贫穷，不汲汲于富贵，我们就能从新婚恩爱直到白头。

白居易对枕边人是有要求的，这些要求，是照着一个人的模板雕刻出来的。这个影像，控制了白居易一生对女性的追求和评价。妻子杨氏，一生在和丈夫心里的影子情人斗争；他最爱女儿金銮子和阿罗，女儿对父亲的挚爱，“朝戏抱我足，夜眠枕我衣”，一如当年的她；连白居易晚年生活的两束明媚阳光，樊素和小蛮，一颦一笑都是她的倩影，俨然替身。

她就是湘灵，白居易青梅竹马的恋人，一生的女神。

汴水流，泗水流，流到瓜洲古渡头。吴山点点愁。

思悠悠，恨悠悠，恨到归时方始休。月明人倚楼。

白居易生于战乱，年少时，为避战乱，颠沛流离。11岁时，父亲任徐州别驾，白居易和母亲一起，安家在徐州符离。邻居有个女孩儿，叫湘灵，小他4岁，活泼可爱。虽是平民女子，却也聪明伶俐，颇懂些诗词和音律。两人青梅竹马，一种情愫，随着年岁的增长，潜滋暗长。

无论过去多少年，白居易的记忆里，存留的都是湘灵15岁的芳华和声线。“娉婷十五胜天仙，白日姮娥旱地莲。何处闲教鹦鹉语？碧纱窗下绣床前。”女人会衰老，但是记忆却永远鲜活。

小儿女的恋情，炽热而浓烈。“花非花，雾非雾，夜半来，天明去。来如春梦几多时，去如朝云无觅处。”经过17年相处，8年相恋，到白居易离开符离，前往江南的时候，两人的感情已经非常深厚了。湘灵送了白居易一双绣鞋，做工精致，用同心结连接首尾针脚。

广西壮族，流传着送鞋定情的传统。壮族小伙儿会向心爱的姑娘讨要麻布鞋和花鞋垫，作为定情信物。两只鞋的线头系上死结，表示“生死相连，永不分离”；线头打活结，则表示已有了对象。有时候，姑娘还会故意将某处不缝完，留下线头让男方去接续，意思是“你愿连就连”。定亲后，姑娘会做“同年鞋”送给心上人，层层白布，密密针脚，凝聚了女子全部情感。当地的山歌唱道：“鞋底破了鞋帮在，把妹手工带回来”，可见一斑。

而在汉族的婚姻礼仪中，绣鞋也有深刻内涵。从东晋开始，新人床头，都备有绣鞋一双，以“合鞋”来喻“和谐”。到了唐朝，这一习俗，就演变为将新娘的鞋套在新郎的鞋里，男女同偕，祈愿新婚夫妻相携到老。

湘灵希望，两个人就如这双绣鞋，双行双止，永不分开，可谓用心良苦。白居易很珍惜心上人的这份情意，外出游学、应考、求仕，都一直带在身边，珍而重之。他写了很多的诗歌，寄托相思。湘灵不仅是他的恋人，甚至是他唯一的妻，他情爱和灵魂的归宿。

白居易进士归来，湘灵二十有余，由于一直惦念和白居易的情意，一直待字闺中。白居易再次向母亲提出了正式迎娶湘灵的想法，却遭到了母亲更加强烈的反对。

白家是个中小官僚家庭，祖父白湟、外祖父陈润和父亲白季庚

都是朝廷官员。母亲陈氏也有很好的家庭教养。唯独在婚姻门第上，抱残守缺，固执己见。

“门当户对”是中国封建社会男女婚配不可逾越的门槛。唐朝，新兴贵族兴起，士族门阀衰落。但是，仕必由进士、婚必与高门的观念，依旧深入人心：一是利害问题。通婚使新旧贵族结成同盟，贵族豪门选及第进士为婿，光耀门庭，而寒门士子，则依靠妻族的力量，仕途顺利；二是面子问题。门户大于一切，婚而不娶名家女，仕而不由清望官，为社会所不齿；三是素质问题，相似家庭环境的子女，兴趣爱好相近，夫妻间、婆媳间也都比较容易有共同语言。

湘灵家门第低，母亲陈氏断然是看不上这个平民女子的。白居易承受了社会舆论和母亲意愿的双重压力，心提前进入了寒冬：这一辈子，他都不可能娶湘灵为妻。

“人言人有愿，愿至天必成。愿作远方兽，步步比肩行。愿作深山木，枝枝连理生。”这也只能是纸上誓言。两颗心之外，没有人知道这份感情的深浅。

婚姻无望，但是爱情却并没有结束。隐秘的爱，让白居易更加孤绝。

母亲以死相逼，直到39岁，白居易才娶妻杨氏。

39岁结婚，即使现在，也都是不太能接受的，更何况是古代，平均寿命那么短。唐朝曾两度颁布有关适婚年龄的诏令，太宗贞观年间规定，“男年二十，女年十五”；唐玄宗开元二十二年

（公元734年），又规定了婚龄“男年十五，女年十三”。

白居易用不和别人结婚来祭奠和湘灵不被祝福的爱情，也用以惩罚母亲的固执和偏见。

和妻子杨氏同床异梦，让白居易更觉身心孤独。对湘灵的思念，从每个细胞、每个毛孔散逸出来，淹没白居易的视线，衬托得婚后的日子越发暗淡无光。“我有所念人，隔在远远乡。我有所感事，结在深深肠。”人生最悲苦的，悲莫悲兮生别离，时间会将思念和痛苦发酵，反复煎熬，反复折磨。

白居易被贬江州司马，天公见怜，在贬谪途中，遇到了漂泊江湖的湘灵父女。此时的湘灵，年过四十，仍信守着当年“非君不嫁”的誓言。年少痴恋和多年思念涌上心头，白居易和湘灵相拥而泣，挥笔写下了这首《逢旧》：

“我梳白发添新恨，君扫青娥减旧容。应被傍人怪惆怅，少年离别老相逢。”！

少年离别终成恨，世界上最遥远的距离莫过于，明明相爱，却不能在一起。

不久，白居易在随身的书箱里，看到当年定情时湘灵送给他的那些绣鞋。“永愿如履綦，双行复双止”的叮咛，言犹在耳，只是斯人已老，相守终无望，徒增新愁而已。

步入了人生的最后十年，白居易曾经两次回到故乡符离，去找寻湘灵。据说第一次得见，第二次湘灵已成居士，奉佛诵经。想来是湘灵羞以缁衣衰颜见故人，希望能将形象定格于15岁的青春容颜。虽然避免了花甲恋人互睹垂涕的尴尬，却也把白居易想爱而不

能爱、欲见而不得见的遗憾，上升到了又一个高度。

因为“樱桃樊素口，杨柳小蛮腰”，世人记住了这两位靓丽女子，而她们绝不是白居易心之至爱。他的诚挚爱恋，那些希冀与失望、甜蜜与苦涩、欣喜与悲怆，从始至终，就只给过一个人，湘灵。

“知己又红颜，大河绕青山。莫道日月长，只恨相逢短。

春风渡关山，明月照无眠。两地相思苦，一世回望甜。”

曾几何时，被这样的感情深深感动着。后来因为家庭原因，和相恋4年的男友分道扬镳。不想千年前的文豪，也有同样的遭遇。只是白居易选择了更为绝对的方式，一世苦恋，一生缅怀。

或许在他心里，最温润的部分，就只在那千万人之间，没有早一步，也没有晚一步，他和她，刚巧赶上了。别的话不多说，揽她入怀，亲亲地问一句：

“哦，原来你也在这里……”

时光一去，一夜红了谁

——殷勤谢红叶，好去到人间

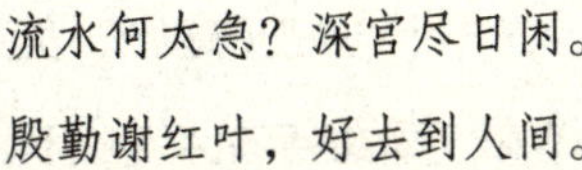

流水何太急？深宫尽日闲。

殷勤谢红叶，好去到人间。

——唐　无名氏·《红叶题诗》

银杏叶渐黄，又到观赏时。从去年开始，成都的银杏落叶，都只捡不扫。成都的银杏树，枝繁叶茂，于是人民公园、锦绣路、川大、电子科大……在阳光下，处处都可见那一片金色。锦官城，成了一座被银杏温暖的城市。

有时候，窃窃地觉得，银杏黄得够灿烂，满城尽带黄金甲，却又欠缺了一点丰富，也少了些感情的层次，如果能有红叶相伴，更添情韵。

红叶的文化属性，比银杏更加丰满一些，也就承载了更多人的情愫和希冀。如果不自觉地摘下或捡起一片红叶，你很快就能遇到另一半；如果与心爱的人一起看红叶飘落，两人将永不分离。

于是，红叶也就象征了对往事的回忆和对旧爱的眷恋，同时还怀念着情感的永恒、岁月的轮回。不管年老年少，不论背负着怎样的故事，红叶都能契合你的情绪，找到那么一种惺惺相惜的感觉。

中国历史上，有很多皇帝非正常死亡的案例。每朝每代末期，皇帝走马灯似的换，大都活不长。在皇权更迭、妃嫔争宠之中，演绎着一幕幕宫廷权谋。

每个朝代，宫廷编制都是有定数的。唐朝后宫，皇后以下，设贵、淑、德、贤四妃，另外还有九嫔（昭仪、昭容、昭媛、修仪、修容、修媛、充仪、充容、充媛）、二十七世妇（婕妤、美人、才人各9人）、八十一御妻（宝林、御女、采女各27人），有品级的一共有121人。另外还有特别的封号，比如玄宗初年的惠妃、华妃，高宗为武媚娘创造的宸妃，虽在编制之外，却彰显皇帝格外的恩宠和疼爱。

“后宫佳丽三千人”，入选宫廷的少女，表面花团锦族、风光无限，实则一踏入九重深宫，就如同身陷牢狱，从此身如飘絮，不能自主。

她们再不是一个个独立的生命体，而是某个男人的附属品。她们会因为一时过错，而丢了性命；也会因为一刹那的光华，飞上枝头，成妃为嫔，半生盘算，半生争夺。离开还是留下，都由不得她们自主。

颜色如花命如叶，命如叶薄将奈何？

红墙铜锁，锁住的是宫人孤苦无助的一生。如花容颜，在无望的等待中，一天天老去。大部分老死宫中，被草草埋葬在“宫人斜”，连最后的记忆都没有。不甘心、不认命的，争取机会被赏赐出宫，托身某位王公、权臣，虽说都是牢笼，却终究是出了宫；还有利用物品，传递情意的，更加机会主义，甚是渺茫。情人骑着白马来拯救美人，也不过就是梦呓。

巧就巧在，唐人风雅，诗人们流行把新作题于红叶之上，互赠欣赏，浪漫而雅致。唐朝多情，上至天子，下至黎民，追求梦想、自由和爱情，不遗余力。于是，像红叶题诗遇知音的事儿，别样风情，必定也就只能在唐朝了。

安史之乱后，大唐江河日下，风雨飘摇。藩镇割据、军阀混战，整个王朝乱成了一锅粥：外患频仍，节度使拥兵自重，中央政权基本失去了对边疆的控制力；内忧未决，皇帝疲于理政，一味怀柔，朝廷党争和宦官干政相互交织。地方和中央的矛盾长年困扰着大唐王朝，双重重症的大唐王朝再也回不去往日的辉煌。

所幸，那深入骨髓的浪漫情怀，温暖着满是疮痍的王朝和人心。

某日，青年才俊于佑，沿着皇城宫墙，漫无目的地踩着青石板路，边走边想。

长安的秋天，有点凉飕飕的。空气是没有以前新鲜了，夹杂着厚厚的风烟味儿。树叶也渐渐没有了原生的色彩，一天天枯了、凋了，悄悄地飘落。秋风舔起男子的衣袂，旋即又裹紧了贴在他的身上。

于佑在想，从夏到冬，倒是有一件东西，越来越成熟了——他那颗看透世情的心。无论是边关烽烟再起，还是朝廷无休止地争斗，终究只是苦了百姓。兴，百姓苦，亡，百姓苦，只可惜了，他空有经天纬地之才和一腔报国的热情。来长安求取功名，个人的前程、富贵倒是其次，希望的是能进庙堂，做一些利于社稷、功在百姓的事情。只可惜功名之路走得甚是艰难啊，看来这一生，都只有老死乡野了。

夕阳映照在护城河上，泛着粼粼水光，让人越发觉得，寒气从心头逼上来。于佑停了下来，掬起一捧水，倒映出他颓丧的脸庞，然后又从指缝溜走，不见了。不知从什么时候开始，连流水都能让他多愁善感起来。于佑苦笑了一下，甩干手上残留的水滴，起身准备离开，看见顺水飘过来一片片红叶，在清凌凌的水面上，特别绚烂。其中有一片比别的更张扬，颜色也更纯正，隐隐约约，好像有墨迹。于佑小心翼翼捞起红叶，上面果然有内容，是一首小诗，字体俊秀：

“流水何太急？深宫尽日闲。殷勤谢红叶，好去到人间。”

于佑把红叶带回了住所，珍藏在书箱里。他常常取出红叶，细细品味这首小调，体会诗中人的情意。

也许，当他在护城河边徘徊的时候，红墙内，也有一个寂寞的女子，散漫地走着，享受着难得的清闲时光。她应该不得宠的，也许还不快乐，否则断不会独自一人，来到这荒凉的太液池尽头，写下这么哀怨的心曲。

她是个孤女，没有依靠，才进宫做宫女？还是党争牵连到的管家小姐，被充斥后宫？

于佑无时无刻，不在思念着红叶的另一端。他能够明白，她是渴望自由的，年轻的心怎么会愿意被囚禁在这黄金鸟笼里。世间自在光阴短，宫中苦闷岁月长。她放这片红叶的时候，只是想说说心里话，还是想有人看到，甚至有人回应呢？

思念所致，俊逸的于佑越发清减了。朋友劝他，那女子写这首诗，本就不是针对于佑的，他也只是在偶然间拾到的，何必如此执著呢？更何况皇宫深深，后宫粉黛三千，一则进宫难于上青天，二来想要找到这个女子岂不难上加难。于佑心有所属，觉得既然老天让他拾到了这枚红叶，冥冥之中自有缘分的牵引，一切自有天意，何不抱着美好的期望呢？

于佑终日蹀躞御沟上，希望能够再拾到心上人的墨宝，终一无所获。他在红叶上补题了两句：“曾闻叶上题红怨，叶上题诗寄阿谁?流水无情何太急，红叶有心两相知”，放入太液池的上游，看着它晃晃悠悠地流入了宫禁之中。

他多么希望，那片红叶能停留在女子的手边，不早一秒，不迟一秒。让她知道，这个世界上，有个人明白她的哀伤和渴望，有个人希望了解她的生活和情感，有个人更渴望能够与她相识相知……这个人，仅仅和她一墙之隔，他们仰望着同一片天空，共赏秋水长

天。

可怜再聪明的人，只要动了心，就开始相信小概率事件，智商和理性负增长。

于佑心有所系，学业荒废，屡试不中，心生倦怠，而他朝思暮念的红叶女子，再无下文，仿佛春梦一场，了无痕迹，心里也颇有些失落，于是在河中权贵韩泳家里做幕僚。一来手头逐渐宽裕，更有存在感；二来韩泳也很重视于佑，有了满足感和成就感；再者，通过科考，没有后台也报国无门。渐渐地，于佑也就无心科考了，安心给韩泳出谋划策。

后来，皇帝放出了一批宫人，其中有一个韩姓的宫女，和韩泳有一些亲缘关系，来河中投靠韩泳。韩泳见于佑年富力强、忠心又得力，一直寄居门下，也一直没有婚配，就有意撮合他们俩。

大部分的宫女，在宫禁中红颜褪尽。如遇到皇恩大赦，能够释放出宫，自行婚配，也是可遇而不可求的。比如说新皇登基，后宫吐故纳新，将年老的宫人替换成年轻貌美的；再比如出现大灾害或政治危机，统治者释放一部分宫女，以彰显德政，做给天下臣民看，堵住悠悠众口。

这个宫女韩氏，无奈在宫中蹉跎了青春，年纪约莫三十，偏大。不过有三好，一是家世清白，和韩泳有亲友关系；二则听说长得很漂亮，姿色殊丽；三来在宫中服役多年，颇有些积蓄。于佑追求梦中情人没有进展，这个韩氏也是从宫中出来的，好歹也有些移情作用；同时自己年岁日增，俗话说成家立业，既然主人韩泳开了这个口，他也就乐享其成。

于是，很快备齐三书六礼，将韩氏迎进了门，果然妆奁丰厚、国色天香，于佑很庆幸，像捡到宝一样，乐不可支。

一日，韩氏帮于佑收拾书箱，一片红叶，像一只美丽的蝴蝶，飘飘洒洒，落了下来。红叶？天啊！还有自己当年在太液池边写的一首诗。是的，韩氏，就是当年放红叶漂流出宫的小宫女。

韩氏淡淡地询问于佑红叶的来源，于佑据实以告，说那红叶是在长安护城河里捡来的，但却是自己多年情之所系。当韩氏告诉他红叶和诗句均出自她手的时候，两个人都觉得不可思议。韩氏还拿出后来自己拾到的一枚和诗的红叶，也正是于佑所题的那首诗。两个人，相对惊叹，感慨万千。

当年她抛下红叶的时候，期待一个风度翩翩的男子，能够读懂女儿的心意，为此，她朝思暮想，描摹出了无数个蓝本。而他拾起红叶，也希望能和一个娉婷少女，在情感上建立起千丝万缕的联系，于是，心心念念，一直未能忘情。老天真的在冥冥之中牵引着，让这对神交多年的恋人十多年后重逢、相知、相许！

其实，红叶题诗有若干个版本，韩姓宫女和不同的男主角（顾况、卢渥、李茵）之间，都有一段缠绵悱恻的情事。“落叶无语空辞树，流水无情自入池”，流水本无情，红叶本无情。只有那样悲风颓阳的的秋夕，一名幽居深宫的女子，一位有志难伸的书生，才有那么一场不知对方何人就开始的相思，才有这么一场红叶为媒，流水作证的十年姻缘。

佛说：每个人所见、所遇到的，都早有安排，一切都是缘。缘起即灭，缘生已空。一切都是天意。

其实很喜欢纯粹的相爱，纯粹的思念。真的爱，挨得过流言，经得住流年。三毛和荷西，隔了六年、一场大雪、千万座城和一片沙漠，还是能在背后紧紧地拥抱。真爱来得并不容易，执著和等待，你给得起吗？

情不知所起，一往而深……只是时光一去，窗外红叶，一夜红了，为谁？

第三部分

美人一顾倾人城，再顾倾人国

婀娜佳人，霓裳舞。美人与爱情，如甘醇的美酒，让人欢喜让人忧……

你最爱的，到底不是我

——云想衣裳花想容，春风拂槛露华浓

云想衣裳花想容，春风拂槛露华浓。
若非群玉山头见，会向瑶台月下逢。

——唐　李白·《清平调》之一

幸福的恋人，首先应该是一对互相欣赏的知己。他们了解彼此的心思，少了磕磕绊绊的试探和触碰；他们有很到位的约束力，让彼此感到轻松、愉快……

而幸福，只是一种感觉，也许，存在，就那么一念之间。而后，爱还是不爱，是我不是我，纠结一生。如同某女子，颓然坐着，扯着花瓣，一时决绝，一时期待。“他会回来”“他不会回来”“回来”“不回来”。

相爱远比相遇容易，相遇是几十亿分之一的缘分，而相爱，是两个人的目标和结局，也有可能是结局之一。在爱情里，转身不一定是软弱，但是留下来的，一定坚强。就如同这世间，有些人，得到不一定能长久，但是孤单一定不甘心；有些事情，逃避不一定躲得过，但是面对就一定很难受。

从大明宫遗址公园回来，就一直在思考，唐玄宗最爱的，不一定就是杨贵妃。他给了她心爱，给了她荣宠，但是独独却没有了心。

白居易的《长恨歌》，“七月七日长生殿，夜半无人私语时。在天愿作比翼鸟，在地愿为连理枝。天长地久有时尽，此恨绵绵无绝期”，将李隆基和杨贵妃的爱情，拱上了奥林匹亚的神庙，让后人朝圣。

也许所谓至死不渝的爱，只是我们的一相情愿，也许提笔的那一瞬间，老白只是想感慨一下，有情人，本就该如此忠贞不贰罢了。

对于绝大多数人而言，一生的感情线是这样的：和许多人一见钟情，和一些人两情相悦，最后，到了年纪，选择一个人白头偕老。

作为帝王，唐玄宗一生何其有幸，又何其不幸！

他励精图治，在他手中大唐走向全盛，那种雄霸天下的气场，伴随着中央集权，与日俱增；同时，三个极致的女人伴随着她的一生，武惠妃魅力到极致，梅妃清绝到极致，杨贵妃绚烂到极致。

他成长于李唐飘摇的宫廷，亲情和皇权被玩弄于股掌之上，对于情感、对于女性，缺乏原生的安全感；他经历安史之乱，大唐帝国眼看一去不复返，心中悔恨难当；他一生都在追逐爱情的幻影，但是他最爱的究竟是谁，恐怕他自己都没有弄明白，君王谈爱是奢侈……

然而，爱，这个东西，没有计量公式，无法计算，也最难把控。因为爱，熬干了黑发，枯萎了红颜，凋零了时光，也寂寞了诗篇……

武惠妃，恒安王武攸止家的小郡主。她生于宫廷，与生俱来的贵族气质与魅力，俘虏了正当盛年、英姿勃发的唐玄宗。武惠妃智慧、决断，和年轻的武则天颇为神似；加上相似的成长经历，一样的大起大落，玄宗对武惠妃，又爱又怜，又敬又怕。武惠妃是唐玄宗前半生的女主角。

梅妃，两簇花火之间，拥有一刹那的光亮，而后被掩埋，被遗忘。她的美好时光，也就那样的一段时间。玄宗对她有疼惜、有愧疚，但是一定不是爱。

杨贵妃，陪伴着玄宗人生最后的20年。玄宗对她宠爱相加，她报以最美年华。他们有着相似的爱好和追求，共同为心中的乌托邦奋斗，那里只有乐舞，没有政治；在宫中，杨贵妃和玄宗，互称“三郎”“娘子”，俨然一对平凡人家的夫妻。

杨贵妃和武惠妃，一前一后，半生相伴玄宗左右，有着相似的恩宠和荣华。然而，毕竟她们是不同的两种人，一个对权力执著痴恋，一个沉醉于小儿女的卿卿我我。说杨贵妃是第二个武惠妃，有失公允。

男人对于女人的追求是永无止境的。20岁的男人，喜欢18岁的女人，30岁、40岁、50岁、60岁的男人，仍然喜欢的是18岁的少女。而女人，从18岁到38岁，青春少艾到半老徐娘，明珠变成了鱼眼。男子正当盛年，放弃弱水三千，痴恋一个人，二十年如一日，不会产生审美疲劳。怎样的男人、女人，才能做到?

玄宗对武惠妃，长达二十年的专房专宠，独创了“惠妃”这个头衔，不是皇后，胜似皇后。这种爱，无以复加，仅凭外貌皮相，绝对不能做到。再说了，一个多次生育的40岁女人，再怎么风韵犹存，只能做优雅，绝称不上倾国倾城。

玄宗对武惠妃的爱，是循序渐进的，是与日俱增的。就像从茶苦到茶香，岁月越长，越容易品出真味，再慢慢地侵入骨髓。

而唐玄宗对杨贵妃是一见钟情式。初初相见，杨贵妃22岁，为人妻5年，玄宗56岁。对于一个花甲之年的老人，年轻的妻子，那么风情，那么绚烂，就像一星火光，带来了光亮和刺激，也将他推向了灭亡。

可是人一旦老了，生活的主旋律就是回忆，反反复复思念的，是那些在自己左突右撞的时候，陪在身边的人。风烛残年的玄宗，心中太多的旧情难忘，而这样的年月，这样的记忆，是年轻的情人无法理解也无法取代的。

所以，即便有了杨贵妃这样的“娘子”，唐玄宗还是时常想起

武惠妃，对余下的一双儿女寿王李瑁和咸宜公主，充满了报偿般的示好；也常常想起退居二线的梅妃，甚至背着杨贵妃与其私会。不敢想象，如果有比杨贵妃更年轻美貌，更情投意合的女人出现，杨贵妃是否也会秋扇见捐，明珠暗投。

玄宗对杨贵妃的喜爱，甚至有点像长辈对小孩的溺爱，可以容忍她耍小性儿，可以任她离家出走，同样的戏码，上演若干次，屡试不爽。

因为玄宗私会梅妃，杨贵妃摔碎了玉杯金盏，愤然离宫；后来玄宗和自家姐妹有染，被杨贵妃发现，撕碎了罗帐，离宫回了娘家。杨贵妃对玄宗，缺乏那么些威慑力，简单说，玄宗怕杨贵妃不回来了，但是不怕她生气，所以每次玄宗都是三催四请，加上保证书，把杨贵妃接了回来，下次照犯不误。

一来，在玄宗眼里，杨贵妃的脾气，就如同小孩子过家家，哄一哄，发发誓也就过去了；更重要的是，玄宗对杨贵妃是喜爱，是宠溺，却不会为了一棵树放弃整片森林。

可是，如果男人爱上了一个女人，他的眼里、心里，真真的就只有她而已，别人都是插不进去的。

同时，帝王的爱是和时间成正比，生儿育女也就有了丝丝微妙的关系。爱她，就让她为你生儿育女，然后一起抚养爱情的结晶长大。

孝庄陪伴皇太极几十年，只有福临一个孩子，相比姐姐，宸妃海兰珠，谁更受宠不言而喻；雍正皇帝的年妃，多年专宠，诞下了三个儿子、一个女儿，虽说都没能长大成年，但在后宫群芳中，年妃的受重视程度可见一斑。

武惠妃，在中国妃嫔“英雄母亲榜”上，也是首屈一指的。她为玄宗生育了4男3女7个孩子，意味着在10～15年间，这一对爱侣，都在进行伟大的造人工程。

玄宗甚至认为，只有和武惠妃孕育的孩子，才是他真正的孩子。

他们的第一个孩子，李一，唐玄宗第九子，却取名为“一”。“一”，这个最简单的字，却包含了最丰富、最真挚的情感，代表这个孩子是当之无愧的第一宠儿。玄宗早年的皇子，大都是请贤相宋璟取的名。而这个孩子，他却亲自取名，由此可见对这个皇儿和母亲的宠爱。

这个宠儿，未满两岁就夭折了。还有接下来的一儿一女，李敏和一个漂亮的小公主，都还未亲身感受大唐的繁华富庶，就早早死在襁褓中。唐玄宗对他们，纵有满怀爱恋，也只能长埋黄土。

频繁的生育，给武惠妃和玄宗带来了短暂的喜悦，却留下了接二连三的打击和旷日持久的痛苦。孩子频繁的夭折，任谁都吃不消，武惠妃开始怀疑唐宫里的女人，怀疑她们将对母亲的憎恨转移到了襁褓中的婴孩儿。

经历了连续的丧子之痛，武惠妃痛定思痛，改变了生养的策略。生下孩子，寄养在宫外，这样的方法，保全了后来的3个孩子，这其中包括杨贵妃的前夫，寿王李瑁。

任何事情都有双面性。这种方法，保全了这些皇子公主的性

命，却也让他们远离宫廷，远离了玄宗的视线。皇族天家，父辈和子女之间的感情本就淡漠，逼宫、杀戮的案例，数不胜数。因为没有自己哺育、培养的感情，玄宗对他们的疼爱，都是建立在深爱武惠妃的基础上的，也就是爱屋及乌。武惠妃撒手西去之后，这几位的境况就不甚如人意了。

不仅如此，唐玄宗对武惠妃在“废后立储”这种军国大事上，耍的计谋、手段，从默许到纵容，最后被搬上台面之后，仍无限量地包容。如果说好女人，人人都会喜欢，那么包庇残害亲子的蛇蝎女人，是不是就是因为爱呢？

几经周折，存活下来的这3个孩子，武惠妃珍如生命。只要是天底下有的、皇权能够办得到的，她什么都愿意做，也什么都做得出来。这样疯狂的做法，也得到了玄宗的默许。

武惠妃在生命的最后几年，都在不遗余力地做着一系列的事儿：废王皇后，自己登后位；废太子李瑛，改立寿王李瑁为太子。

其实帝王家的父子关系很微妙。

皇帝，是个危险系数超高的世袭职业，在生前，就确立和培养好继承人，是做皇帝的重责大任。继承人一旦确立后，父与子，夹杂着皇权的竞争，被无限放大。年轻的害怕被迫害，想提前上位，所以耍心眼，弄权术；老的总是猜疑提防，害怕被架空，害怕被提前赶下台。父与子，没有寻常亲情人伦，更像是竞争对手。

武惠妃生长于宫廷，君臣父子之间的龃龉，没有人比她更能理解。她在中间巧妙地运作着。三个皇子，包括太子李瑛，被废为庶人。

武惠妃原本计划趁热打铁，追立自己的孩子——寿王李瑁为太子。然而关键时刻，寝宫里却传出来闹鬼的事儿，她认为“三庶人”阴魂不散，回来索命，日夜都处在极度的惶恐中，自顾不暇，何谈为儿子争储？

在这场惊天动地的闹腾里，玄宗早就应该知道，武惠妃是干了那么些亏心事的。面对这位残杀三位皇子的女人，唐玄宗报以了无限的包容和呵护，表现得超极限地悲恸，亲写祭文，并追封武惠妃为贞顺皇后，以皇后之礼安葬。

武惠妃身前盘算了半辈子的夙愿，死后轻松就达到了。只可惜，因为玄宗对寿王李瑁感情比较淡，爱屋及乌这种事儿，人一走，茶就凉。不只立储的事情，被无限期地搁置，连武惠妃给儿子挑选的媳妇儿，最后都被玄宗占为己有。

杨贵妃是个没有心机，不会算计的小女人。她一生追求的，也不过就是“你的心里只有我，没有她”而已。一方面，她满足于和三郎近似一夫一妻的生活；另一方面，她有她自己的爱好，没有玄宗的日子，她还有梨园，还有霓裳羽衣曲。做不做皇后，对她来说没差别。

唐玄宗迷恋杨贵妃的美貌和舞蹈，醉心于杨贵妃活泼性格给他疲乏生活注入的活力。于是，他负责为她打造奢侈的生活，而她负责取悦和讨好。这样的关系，随着杨贵妃香消玉殒而告终。

夫妻本是同林鸟，大难当头各自飞。这样的伴侣，说不上自私，只是没有那么地深爱。以后的日子里，玄宗无时无刻不思念着杨贵妃，但没有动过追封的念头，甚至不会觉得，没有做成他的妻，是他对她的亏欠。

那么，他追忆的，也可能仅仅只是那段呼风唤雨的岁月，那个和着玉笛、翩然起舞的玉人儿，至于是不是杨贵妃，真的没有那么重要。

我本将心向明月，明月流影入君怀。

原来，唐玄宗最爱的，并不是杨贵妃……

碎红颜，如何白头

——无物结同心，烟花不堪剪

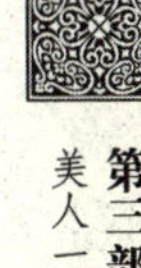

幽兰露，如啼眼。

无物结同心，烟花不堪剪。

草如茵，松如盖，

风为裳，水为珮。

油壁车，夕相待。

冷翠烛，劳光彩。

西陵下，风吹雨。

——唐　李贺·《苏小小墓》

很愿意做一个内心强大的女子。

一个坚强的女子，必定有不得不强大的理由。比如一场不撞南墙不回头的痴恋，一个让她心如死灰的男子，一段自绝于人而后破茧重生的蜕变。坚强的女子，并不是更不会受伤，只是善于把各种感伤，掩盖得恰到好处；只是学会了不太依赖某个人，因为依赖，所以期待，然后受伤。

坚强的女子，修炼自己的气场，报答以往所付出的代价，让自己活得精致而优雅。当再遇见爱情的时候，她不会忘记，为爱情多加一把锁。

而面对爱情，男人，从来不及女人勇敢。

“想要问问你敢不敢，像你说过那样的爱我？”勇敢这个词或许太重，男子一开始可能就没有投入那么多的感情，甜言蜜语是他的专长，处处留情是他的本能。一旦问题来临，女人选择坚守、面对，男人常常是沉默和逃避。

沉默是撒出去的刀，三成自保，七成伤害别人。而逃避却是不折不扣的懦夫行为。多少爱情是这样的片尾曲：“对不起，是我让你伤心了，我不配和你在一起，我们结束吧”；多少女人，在爱人提前离场之后，独自承受、独自疗伤，然后继续等待……

有时候狠狠地想，这样的男子，真不配这样坚强的女子，真不配这样执迷的爱情。

正如最好的女子要温柔、善良，男子最重要的是勇敢、刚直、有担当，敢于承担爱情以及与之匹配的责任，敢于承担生活的苦难以及柴米油盐的琐碎。朋友们讪笑，女人的魅力有很多种，男人的魅力在于刷碗或者对爱人说“放下吧，我来刷碗”。淡然一笑，这也是一种勇敢和担当，只是换了形式，更平和温润，更有生活情调。

但凡人要生活，就要有一技之长，才能够养家糊口，赖以生存。商人靠资本流通，农民靠天时吃饭，官僚靠文才、武功赢得机会，千年如此。

然而唐朝有一人，才气天下重，诗词兼工，名垂青史。另一方面，40岁，应举不中，连省试都未能参加；56岁，才做了县尉这种小得不能再小的官；63岁，醉酒被打折了牙齿；65岁，做了一生中最大的官——国子助教，继而被贬；66岁，流落而死。

他，就是温庭筠，花间词派创始人和代表作家，华丽丽地开启了继唐诗后中国文化史上的另一场盛宴。

他仕途多舛就算了，不是每个人都适合在政府机构摸爬滚打；生活坎坷也算了，也不是每个人，都会过着锦衣玉食的生活。要命的是他相貌丑陋，时运不济，除了文采绮靡，上帝关掉了他所有的门和窗。

温庭筠有两个要人命的绰号，一个叫“温八叉”，一个叫“温钟馗”，一个赞，一个贬，同样都难登大雅之堂。

说说“温八叉”吧。进士重诗赋，是唐朝取士的大标准和总体趋势。温庭筠自幼好学，苦读研习，工于词赋。终于，温庭筠扬名考场。一来是考场替人捉刀，搅扰科考；二来就是“温八叉”了。科举必考科目是诗赋，一篇律诗，需押八个韵，韵格都是韵书官定。对于很多死读书、读死书的人来说，很有难度。温庭筠才思敏捷，叉手这么一下，便成了一韵，总共叉八次手，一篇律诗就成了。虽说这绰号不雅，但是很形象反映了当时学子对温庭筠诗才的顶礼膜拜。

二来就是“温钟馗”。温庭筠除了长于诗词外，还擅长鼓琴吹笛，是否想起了“二十四桥明月夜，玉人何处教吹箫”的美妙景象了？打住，打住，这只是一相情愿而已，谁说的才子就一定是风度翩翩的美少年啊。温庭筠长相丑陋，人称“温钟馗”。钟馗豹头虎额，铁面环眼，脸上长满胡须，长相丑陋被德宗嫌弃，死后被封为驱魔大神，震慑六道冤魂。温庭筠与之相提并论，可见真是丑到了一定程度了。

因此，温庭筠并不像唐朝其他的墨客骚人，桃花秘闻不绝于耳，甚至在史书中都找不到温夫人的只言片语。幸好，在温庭筠的晚年，还有一段朦胧的感情，温暖了这个落魄才子，照亮了寂寥的一生。

那个时候，渭河的水还是清的，清澈见底；那个时候，鱼玄机还不是鱼玄机，名幼薇。

鱼幼薇生长于鄠杜，学于下邽。长安月下，三贤故里，浸润了这个女“诗童”。传说幼薇5岁能吟，7岁便开始写诗。十来岁，她的诗文，在长安文化圈内小有名气。

这个小女孩的名气，引起了温大才子的注意。一个暮春午后，温庭筠登门造访。

当时的温庭筠，年过半百，虽一直求仕未成，却早已名动天下，可谓炙手可热的文化大鳄。鱼幼薇对温庭筠也是高山仰止的。

温庭筠的诗词，没有大男人的腐浊气，绮丽缠绵，仿佛他就是女性的代言人，对于女人的爱恋、思念，感同身受，描画出来，精巧而明快。幼薇时常吟诵“照花前后镜，花面交相映”“梧桐树，三更雨，不道离情正苦”，幻想着她思慕的温大才子，为她画眉，理云妆，贴花黄，然后揽她入怀，在她耳边轻轻喁语。

怀抱着这样的爱情梦想，小幼薇更觉得现实残酷。

曾经，父亲对她疼爱有加，尽全力培养。父亲死后，家里境况一日不如一日。

住在平康里，长安著名的红灯区。周围的老鸨，见幼薇越发出落得标致，垂涎三尺，找机会就向幼薇和鱼妈妈灌输“挣快钱”的思想。虽说极其反感，但是母亲靠着这些娼家给的零散活儿，才能维持生计，面上也不能太过决绝。而幼薇总觉得，自己从平康里出去，即使不是那样的女子，别人也一样会用有色眼光看待的。

幼薇觉得生活就像烙饼，两面煎熬着。于是，她就更不愿出门了。她宁愿沉浸在诗文里，和心中的偶像对话，拉近心里距离。多么希望那个人，骑着白马而来，将她从这无望的生活中解救出去，

生活待幼薇还是不薄的，他来了，却不是她期待的样子。

在一个低矮的院落里，温庭筠见到了这位身名在外的小女子。她十来岁，身量未足，但是已经看得出是个美人坯子，肌肤吹弹可破，像极了清丽脱俗的梨花。然而世事难两全，因为纯洁，梨花也更容易受到尘世的沾染。温庭筠深感这个女孩的天资和她生活的环境，是多么的不协调，就如同正值暮春时节，雨打梨花，黯然堕落

尘埃，任人践踏，使人神伤不已。

温庭筠请幼薇即兴赋诗一首，试试她的才情，题做“江边柳”。幼薇沉吟片刻，在花笺上写下了这样的五律：

“翠色连荒岸，烟姿入远楼；影铺春水面，花落钓人头。

根老藏鱼窟，枝底系客舟；萧萧风雨夜，惊梦复添愁。”

温庭筠反复品读，此诗无论是遣词造句，还是平仄韵脚，都超过了平常士子，可算上乘。更难得是10岁少女，一蹴而就，可见才思敏捷，功底深厚。名噪一时的大才子，深深为一个小姑娘所折服。

所以，当幼薇拿出平日自己的小作，请温大才子指点时，他没有拒绝；当幼薇捧起香茗，拜他为师的时候，他也没有拒绝。

温庭筠成了鱼幼薇的师傅，他指点小幼薇的诗作，也时不时接济幼薇一家的生计，他如师、如父般呵护着这株小幼苗。

少女情怀总是诗。从温庭筠唤她开始，幼薇的一颗心就系在了这个中年男子身上。或者是在更早以前吧，在她反复诵读他的诗文的时候，在她无数次幻想和他耳鬓厮磨的时候，已经情根深种了。只不过那个时候，是缥缈的幻象，现在能触碰到了。

老便老些，丑便丑些。对男子而言，才华盖过一切，有才华而善良的男子，更是难得。

在一次次的来往中，幼薇心中的情愫，慢慢发酵、酝酿，成为一坛香醇的美酒。

这个时候，个性不羁的温庭筠，又惹了不小的事端。

温庭筠是考场杀手，有“救数人”的绰号，总是能在监考的缝隙中，帮助左右两厢的考生。这一年，温庭筠55岁，再涉考场。这一届的主考官沈询，翰林学士兼任户部尚书，将温庭筠召到帘前考试，一来避免他再替人帮忙，自毁前程，二来也可以亲眼看看他的才学。

正常的人，都看得出来，沈询对温大才子的特别看重，只要他识得抬举，抓住机会，加上他的才学，高中魁元如探囊取物。可温庭筠真是个不走寻常路的主儿，不明白沈询的苦心，还因此大闹起来，搅得贡院如菜市一般。非但如此，虽有沈询严防，他还是暗中帮了七八个人的忙。

当然这次考试，温庭筠也没有中，还被贬出长安，到隋州隋县做县尉。

温庭筠离开长安之后，鱼幼薇很是牵挂，写了《遥寄飞卿》和《冬夜寄温飞卿》等诗，吐露自己的心思。

《遥寄飞卿》：

“阶砌乱蛩鸣，庭柯烟雾清；月中邻乐响，楼上远日明。

枕簟凉风著，谣琴寄恨生；稽君懒书礼，底物慰秋情？”

《冬夜寄温飞卿》：

“苦思搜诗灯下吟，不眠长夜怕寒衾；满庭木叶愁风起，透幌纱窗惜月沈。

疏散未闻终随愿，盛衰空见本来心；幽栖莫定梧桐树，暮雀啾啾空绕林。”

幼薇的心思，如怨如慕，如泣如诉，温庭筠如何不明白？

他凑到铜镜前，看到自己枯藤老树一般的脸，苍老又丑陋。转念想到幼薇那张年轻俊美的脸庞，染着红晕，心里一阵温暖。那短暂的迷离，让温庭筠猛地意识到，其实自己对幼薇的感情，远远超过了老师和学生的界限。那种感觉，难以名状，也真说不出具体的滋味，只是一定没有那么简单。

如果他回报以情意绵绵的诗句，必能赢得幼薇风情万种。那个时代，男子配有妻妾，原本平常。温庭筠左思右想，谨守原则，对幼薇的暗示和表白，不做任何回应。

长安那边，幼薇久久不见回应，感情越发胶着炽热。冬去春来，她在院子里种了三棵柳树，每天除了帮助母亲做活儿、作诗外，便是像伺候情人一般照顾它们。

她等待着温庭筠回来，等待有那样的机会，她牵着他来到树下，告诉他：“飞卿，你知道吗，这三棵树，分别叫温、庭、筠。”

温庭筠回来了，倒也常来，一则指导幼薇的诗文，二则接济鱼家母女生活，一如往昔。

面对幼薇，温庭筠是自卑的。

人说恋爱中的女子总会特别计较、特别自卑，身材不够好啦，皮肤不够细滑啦，说话声音不够甜美啦……其实男子也会自卑，而且层次更深，更加难以克服。

此时的鱼幼薇，已到了及笄之年，亭亭玉立，艳若桃李；而此时的温庭筠，已经年近花甲，还是个又老又丑的糟老头，走向了人生的暮年。

或许，温庭筠爱才，他视鱼幼薇为掌上明珠，不想让这颗明珠在自己垂垂老矣的手上，暗淡，破碎。

这样的相处，也是折磨，于是他选择了再度离开。他走之后，幼薇给他写了无数封信，都一样石沉大海。幼薇常常嘲笑自己，自己对他的爱，那么深，那么浓，他根本不知道，根本不在意。两年，可以改变很多的事情，也许他已经忘了，远在长安，还有个鱼幼薇。

幼薇不知道，收到她的锦书，温庭筠心里就煎熬一番，沉甸甸的思念，沉甸甸的男人的心。多少次，他想给她写点什么，哪怕只是简单的“幼薇啊，近来可好？”想起临别的梨花带雨和眼眸中热烈的情愫，他黯然丢下了笔，墨水浸渍下去，晕开，成了一摊心血，一朵在心血里开出的情花。

他依旧没有勇气，他心里坚信，她，值得更好的男子。

温庭筠做了一个大胆的决定。他没想到，他竟一手将心爱的女弟子推入了万劫不复的深渊。

往昔，师徒二人相携，游崇真观南楼，看见新科进士春风得意，争相在墙壁上题诗。幼薇一时技痒，在后面续题了一首：

“云峰满目放春晴，历历银钩指下生。

自恨罗衣掩诗句，举头空羡榜中名。”

与其说，幼薇遗憾自己是女儿身，空有满腹锦绣，却无法与男儿一较短长。不如说，她更羡慕那些男子，能为自己做主，得意须尽欢，敢爱敢恨。不像自己，满腹心事，不知怎么表达，也不像他，一直沉默，一直无视。

温庭筠回来了。上次一别，几年过去了，他的沧桑之气更多了几分，触动了幼薇心底最柔软的地方。还没有来得及诉说别离之苦，他向幼薇引荐了一个男子，李亿。

李亿紧张地走上前来，打躬作揖。来之前，只知道见的是在崇真观题诗的女诗人，却不知道，这个才女，竟生得这般美貌，美得让人喘不过气来。

从李亿的紧张神色中，温庭筠轻松了下来，自觉给幼薇找到了可靠的归宿。李亿，字子安，江陵名门之后，弱冠之年，取状元后入仕，因祖荫，官授左补阙。生得仪表堂堂，性情温恭有礼，如此良配，也不算辱没了明珠般的幼薇。

幼薇呆了，没想到他还是不懂自己的情意，自己左等右盼，等来的却是这样的结局。既然他认为，幼薇有了爱人，他才会安心，那么就让幼薇一个人，记住这份感情，一个人背负，一个人缅怀。

于是，鱼幼薇和李亿，闪电般地相爱了，如同一见钟情般地在一起。然后，闪电般地同居了，多么幸福的一对璧人。

只有鱼幼薇知道，有些人的爱情，就像风，风过树止；而有些人，却像睡火山，沉寂，只是为了更猛烈的爆发。

李亿是有妻室的，他的夫人裴氏，出自河东大族，宰相世家。和她的家世一般让人敬畏的，是她那母老虎般的火暴脾气。

当裴氏知道丈夫李亿养了个如花似玉的外室，风风火火从江陵杀来长安。世间最恶毒、最下流的言语，劈头盖脸地砸向幼薇。那个发誓说爱她的男子，唯唯诺诺，拿手指向幼薇。

幼薇淡淡地看着这一切，所幸的是，温庭筠此时远在襄阳，不曾知晓今日她所受的屈辱。

幼薇被逼移居咸宜观，等待着李亿给她一个所谓的安置。可她知道，她已经无处可安置了。其实，她打心底，感谢裴氏的这么一闹，她不用和子安人前人后装恩爱，她也不用委屈自己，曲意逢迎。

在咸宜观里，她可以怀抱自己的心思，安安静静地想念，再无人打扰。

一年过去了，他没有来，两年、三年过去了，他还是没有来。

世人都道，李亿携裴氏出任地方大员，鱼幼薇被抛弃了。只有她知道，她永远得到了平静，富贵于她如浮云，她心底里，只有初识的那阕“江边柳”，那个10岁的少女和50岁的温大才子。

那一年，她22岁。

他66岁，再次被贬，任方城尉。不知道是在去往方城的路上，还是刚到方城，便死掉了。只知道，一代才子，困顿失意而死，真可谓“凤凰诏下虽沾命，鹦鹉才高却累身”。千载而下，人

共憾之。

幼薇听闻，心里像插进了千万把钢刀，鲜血淋漓的。世界只剩黑白灰，所有的爱、恨，期待和怨愤，都没有了落脚点。一副重重的躯壳，漫无目的地走着、走着，像一块没有知觉的肉，慢慢腐烂、发臭……

于是鱼幼薇没有了，世间多了一个艳帜高张的女冠——鱼玄机。“鱼玄机诗文候教”的广告一出，长安的文人墨客骚动了，咸宜观成了长安最荒淫的风月场所。

一念之间，鱼幼薇从天使变成了魔鬼。“无物结同心，烟花不堪剪”。她丢掉冰清玉洁，丢掉所有华丽的表象，只为祭奠那个在她面前自惭形秽的男子，那个不敢接受她炽热的心的男子，那个魂归阴曹，再也回不来的男子……

鱼玄机虐杀侍女绿翘，被处以极刑。

自古红颜如名将，不使人间见白头。美人迟暮，红颜转白发，总是让人心寒。她毕竟灿烂过，在他的眼里，最好的时刻离开才好，记住最美好的瞬间就好！

一个女子，经得住多少诋毁，才能受得起多少赞美。因为爱，百折不回的爱，让她们高大起来。每个女子，为爱情所做过的疯狂举动，都应该值得被谅解。

爱情，就是心底一种无以名状的感情，不好去定义，也无法说出具体感觉。一个人，在别人看来，一文不值；而在你的眼中，却是无价之宝。于是你清晰地知道，爱，就在那里，就是爱那个人。

有人说，命运决定了谁会进入我们的生活，而内心，才真正决定我们与谁并肩。

每个没心没肺的人，都有一段为某人掏心掏肺的曾经。而每个不愿意再爱的女子，心里都有一个曾经爱到粉身碎骨的男子。

只是，你们用什么永结同心？凭什么相约白头？

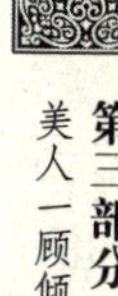

夫妻不易做

——至高至明日月，至亲至疏夫妻

至近至远东西，至深至浅清溪。

至高至明日月，至亲至疏夫妻。

——唐　李冶·《八至》

2011年，有一个词炙手可热，引起夫妻间无端猜疑，掀起了婆婆和丈母娘的口水仗，那就是“新婚姻法”。

绝大多数的中国家庭，双方父母倾尽一生积蓄，方能为儿女建一座爱巢。于是房子成了爱情、婚姻中最不能避讳的话题，合时怎么建，离时怎么分，打断骨头连着筋。

“新婚姻法”提出：婚后由一方父母出资为子女购买的不动产，产权登记在出资人子女名下的，该不动产可视为只对自己子女一方的赠与，应认定为夫妻一方的个人财产。于是婆婆笑了，丈母娘哭了；男人嚣张了，女人受苦了。

其实对婚姻法，只不过是先小人，后君子，无须过度猜想。

法律，从来就管不了男欢女爱，只是负责守住社会底线：无论结婚、离婚，男女双方的利益均不会因为法律不公而受损。社会在前进，必然走向以社会契约的精神，来约束婚姻，约束夫妻双方，保障夫妻双方的经济自由和财产独立。大可不必对号入座，如临大敌。

如果你还是不平，还是受不了，那么亲，你是想多了呢，还是你想要的太多了呢？

成功男士偏爱选择“花瓶女”，一来满足对于美貌和性魅力的追求；二来这类型的女人，相对比较“单纯”。当爱情淡去，婚姻，还有金钱、地位这样的东西可以维系。

在婚姻这个多元函数里，必定有多个元素支撑的，爱情只是重要的参数之一。这个有缺陷，那个来补，这样才能维持长久的平衡。相爱的人，穷点也一样很开心；豪门，没有爱情，也过得风生水起。如果所有参数叠加之后，函数双方还是不等，那么婚姻就该破产了。

婚姻是个“合约相爱，相伴终老”的终生契约，一路风景，全赖夫妻双方的苦心经营。

“百年同船渡，千世共枕眠”，夫妻本是毫无相关的个体，由于相互吸引，离开父母家庭，组建了新的家庭。

两个原本背景不同的人，生死苦乐永远在一起，是多么的不容

易。生活习惯、价值观念的磨合碰撞，哪一次不是火星撞地球？恨不得合二为一的小两口，翻起脸来，哪一次不是恨不得一巴掌拍死那个冤家？

夫妻不易做啊！再恩爱的夫妻，一生中也会有200次想要离婚，至少50次想要掐死对方的想法。平凡夫妻，尚且有这么多的恩怨瓜葛，如果有这么一对夫妻，丈夫操持着生杀予夺的大权，却担心大权旁落；妻子一边应对小三、小四等若干妾侍的夺夫大战，一边还要打理家国天下的繁杂琐事，这两人的日子，过得该有多闹心啊。

这么艰难的夫妻，唐高宗和武则天——历史上绝无仅有的皇帝夫妻，也是在后宫倾轧中难能可贵的模范夫妻。

如果你想到的只是，一个懦弱无能，另一个心狠手辣，那么你应该是被秘史剧给骗了。唐高宗和武则天，一路相扶，从泥泞走到美景，一不小心就白头到老了。当然中间也有大风大浪，唐高宗甚至起过离婚的念头，然而，夫妻之间，至亲至疏，我们那非此即彼的线性思维，又怎么能衡量呢？

李治，唐太宗李世民的第九子，嫡出的小儿子，从小由李世民亲自教养，恭顺仁孝，相当有仁君风范。李治上面有嫡兄太子承乾和魏王泰，他甚至从未想过，大唐帝国万里江山，有一日会在他的手中，从一个辉煌迈向下一个更大的辉煌。

初唐的尚武之风，玄武门之变，鼓噪着年轻的皇子。太子承乾和魏王泰，拉帮结派，抢班夺权，以为谁赢了，谁就能坐江山。唐太宗痛定思痛，钦定剩下唯一的嫡子，晋王李治为太子。李治性格仁懦，孝顺友爱，又爱好词赋乐舞，深得太宗之心。

唐高宗李治，继承李唐江山，是历史的选择，他是个宠儿。

这个情况，李治比谁都明白，所以他比谁都谨慎和珍惜。弱冠之年，新继帝位，要管理好偌大的大唐帝国，李治兢兢业业。唐太宗是三天一早朝，高宗初年一天一朝。

而这时的李治，并没有对心上人做任何特别的安排，武媚娘还是和其他没有子嗣的嫔妃一道，被送往了感业寺修行。此时高宗李治，少年意气挥斥方遒，在他心里，万里江山比区区女子来得更重要。

远距离的爱情，产生的不仅仅是思念，还有距离和疏远，更何况对方是坐拥天下的皇帝，后宫粉黛无数。武媚娘小心翼翼地呵护着那爱的小火苗，她写了一首《如意娘》，情真意切：

“看朱成碧思纷纷，憔悴支离为忆君。

不信比来常下泪，开箱验取石榴裙。”

几经周折，武媚娘重返九重宫阙，成为高宗李治那“一夫一妻多妾”中许多妾的其中之一。

唐高宗为什么那么喜欢武媚娘呢?

武媚娘比高宗李治大四岁，二次进入宫廷的时候，武媚娘已经是26岁高龄了，在从来不缺美女的后宫，不能不说是奇迹；另外，武媚娘是太宗的才人，也就是李治的庶母。这个行为，给高宗

找了不少麻烦，也实实在在冒足了政治风险。

也许，你会说，武媚娘有手腕，有想法，做事果敢有冲劲，正好可以弥补高宗李治性格中懦弱寡断的部分，两人是互补的绝配。

如果真是这样，高宗李治完全没有必要冒这么大的风险。王皇后和萧淑妃，背景和个性都很强硬，两人都是寸土不让的死硬派，完全能满足高宗受虐的需求。

此时的武媚娘，打的是楚楚动人的牌。一副“腕伸郎膝前，何处不可怜”的温柔意态，我见犹怜，激发了李治的男子气概，要拼全力保护这个深情柔婉的女子。他可能也会思量，这样一个可人儿，没有背景，不会给他带来任何压力，又会完全顺从自己。

这些因素一统合，这段婚姻的满意指数，当然就空前地高了。

即位之初，为了实现政权的平稳交接，高宗李治赋予了四位顾命大臣极大的权柄。一旦适应了新角色，他就无法忍受这个完全被掌控的政治环境。

他需要一个盟友，和他一起挑战这帮顾命老臣，帮助他摆脱束缚，掌权做主。作为高宗精神伴侣的武昭仪（媚娘），责无旁贷，被绑上了这架战车。

事实证明，政治合作型或者利益合作型夫妻，是最长久最稳固的。换句话说，夫妻之间，光是“你侬我侬，忒煞情多”是不够的，还需要有共同的目标，并为之奋斗。在这场皇权与相权的斗争里，高宗和武媚娘夫妻俩，第一次携手，披荆斩棘，迎接大风大浪，并最终成了赢家。

在“废王立武”的宫斗中，朝堂、后宫的各种势力，归为两个阵营，非楚即汉。一派是王皇后、萧淑妃和顾命大臣为首的守擂方；另一边是高宗李治、武昭仪、李世绩领导下的攻擂方。

王皇后父族太原王氏，母族河东柳氏，名门望族，太宗给李治亲选的太子妃，老父亲眼中的佳儿佳妇；萧淑妃，兰陵萧氏，和隋炀帝皇后萧氏同族，早年宠冠后宫，为高宗生下了一子二女。后宫争宠，加上册立皇储，王皇后和萧淑妃战事不断升级。

由于武昭仪迅速蹿红，集宠于一身，也集妒于一身。王皇后和萧淑妃也很快连成一线，集中火力对付这个后来居上者。

朝堂上那帮老夫子也是如坐针毡。伴随武媚娘的回归，礼教体统被弃如敝屣，让他们着实恼怒。在他们眼里，只有门当户对的、父母之命的王、萧才配入主中宫，武氏不过小人得志便猖狂。于是也很快纠结起来，加入到王皇后和萧淑妃的战斗序列中。

一个没有实权的皇帝和一个小小的昭仪，在斗争初期，是那么弱小，那么卑微。

长子弘、二子贤出生后，李治和武媚娘，亲自登门拜访长孙无忌，希望能得到认同和谅解。于公是君臣，于私是甥舅，更应该同气连枝才对。高宗李治委婉表达了改立武昭仪为皇后的想法，长孙无忌就是不接这茬儿。

无奈，高宗又提出了个折中方案：封武昭仪为“宸妃”。毕竟昭仪，二品女官，早已不能显示媚娘的重要性和受宠程度。在众大臣看来，宸，北极星，常用作帝王代称，它并不是一个皇后之下、众嫔妃之上的封号，它不是皇后、胜似皇后，甚至可以和皇帝日月

同辉。皇帝夫妻俩的退而求其次，还是被朝臣给否决了。

高宗李治和武昭仪感觉受到了莫大的羞辱。俗话说，知耻而后勇，高宗李治和武昭仪开始反击行动。

第一次廷议，攻击王皇后的硬伤——无子。而此次动议，朝堂之上，竟无一人支持。王皇后无子，虽有错仍可弥补，但先帝所娶，不能废黜；武昭仪虽育有皇嗣，但德行有亏，不能为后。

年轻的高宗，多么想将皇权完完全全攥在手心里，这种欲望，烧得他心血都快干了。武昭仪有着战斗的天赋，情势越危急，越冷静，她提醒了英国公李世绩的存在，李治如梦方醒。

第二次廷议，依旧商议废王立武之事，论据除了王皇后无子外，还增加了“阴谋下毒”，毒害皇子。李世绩的“此陛下家事，何必更问外人！”和武昭仪的“何不扑杀此獠”，喊出了高宗初年太极殿上的最强音，形势出现了戏剧性的变化。武昭仪进为皇后；王皇后和萧淑妃，贬为庶人，囚禁，亲族流放岭南；长孙无忌、褚遂良等反对派，或贬或杀，一个不剩。高宗李治和武昭仪，华丽丽地赢了这场硬仗。

废王立武，不仅是皇后更迭的问题，同时牵涉到了皇权的归属和政治格局的变化。通过这次风波，高宗铲除了一批元老重臣集团，真正大权在握。更重要的是，高宗李治和爱妻武媚娘，在战斗中建立了革命战友般的情义，李治倚重她的智慧，更深信她的忠诚，至死不渝。

为了证明废王立武的明智，高宗想了很多的办法，提高武皇后的地位。比如文武百官上贺表，参拜新皇后；比如夫妻俩共同称制，并称“天皇”“天后”等。

如果国王和王后，从此就幸福快乐地生活在一起了，那这个故事，就太童话了。夫妻不易做，难就难在一波未平，一波又起。

李唐皇族有心脑血管类的家族遗传病，高宗李治有“风疾”，30来岁起，就一直缠绵病榻，对政事心有余而力不足。废王立武后，高宗李治对大臣的信任都在一定范围内。而当时，太子弘还不足10岁，委政于武皇后，是当时的最优策略。

武皇后在国事中找到了存在感，由于敏锐的洞察力和实干精神，慢慢有了主导政局的趋向。高宗退居幕后，不安全感有所抬头，元老重臣的阴霾挥之不去。阴盛阳衰，夫妻俩的关系起了一些微妙的变化。媚娘不再小鸟依人，乾纲独断的气魄逼人，时不时还颐指气使一下，这让李治很不安，也很气愤。

一个女人，要走出闺阁，做点事情，真是不容易。从开始的反对武氏立后，到后来的反对女人参政，就一直没有停止过对武媚娘的讨伐。

高宗郁闷的时候，有人火上浇油；李治犹豫的时候，有人火速草拟废后诏书。这个出头鸟，是上官仪。而当武媚娘听到风声，兴师问罪的时候，上官仪又成了挡箭牌，“我本来没有这个心的，都是上官仪教我的”。

上官仪太单纯，对“废后”这种家事加国事的问题，太一相情愿了。同时，他也不明白，高宗李治和武媚娘这对夫妻，并不是简单的“以色事人”的关系。无论何时，高宗李治最信任的，还是和他一起奋斗的皇后武氏。为了维护和妻子的关系，高宗宁愿牺牲肱股大臣。所谓废后，不过是一时的闹剧而已。事情过去，恩爱夫妻继续恩爱，上官仪却成了刀下亡魂。

逼宫，几年后又发生了，这个时候，可以更清楚地看到，高宗李治对于夫妻关系的立场。

当时，国内的政治环境和舆论环境，对武皇后都非常不利。唐朝大败于吐蕃，国内大旱，逼得高宗都想迁都洛阳了。朝野之上，对于武后参政不满的政治集团，含沙射影，说这些都是天公示警，是“牝鸡司晨”造成的。

武媚娘一下子处在了流言和攻讦的风口浪尖，主动提出辞去后位。如果高宗李治想要摆脱皇后的影响，只需要顺水推舟即可。可是这个时候，李治严词拒绝了武后的请求，还提高岳母荣国夫人的葬礼规格，罢朝三日志哀，并亲自为岳母撰写墓志铭等，通过各种方式表达了作为帝王对于妻子最大的支持。

高宗李治和武媚娘这对夫妻，既是爱人，又是战友。别人很不看好的一对，一不小心就白头到老了。

高宗李治病重，提出了天后摄政的方案。上下千年，摄政的屈指可数，周公、西汉末年的王莽、清朝初年的多尔衮以及宣统年间的载沣。

当时，李治完全可以传位于太子李贤的，可是他没有。帝王家的父子关系很奇妙，皇上与太子、皇上和太上皇，都是竞争的关系。君权一旦授出，覆水难收，就算以后身体好转也只能赋闲，这是高宗李治所不愿意的。在这个世界上，只有武皇后是和他一体同心的，只有武皇后不会算计他，全心全意只为他。将天下交给爱妻，进可攻退可守，他更加放心。

高宗李治死后，还给妻子留了一份大礼。在他的遗诏中，提到了“军国大事有不决者，兼取天后进止”——军国大事，如果皇帝做不了决定的，就去征求天后的意见。

从废王立武那样严峻的宫廷斗争中牵手走过，高宗李治对武则天的信任，一直持续到生命的最后一刻。

在一起久了潜意识中会模仿对方。有没有一对情侣，在某个时刻，让你觉得很相似，形不似而神似，喜怒哀乐，每个表情，每个神色，每个细小的动作……因为他们彼此模仿，相互印刻，这就是我们所说的“夫妻相”，是感情投射的伴生物。

夫妻冥冥之中，有力量牵引：20岁遇到真命天子，25岁鼓足勇气把自己嫁了，28岁再前进一步，二人世界变三口之家。极相爱，才有勇气想要共度一生。三五年，七八年，爱情淡了，人看久了，也会腻的。不分手，像亲人般的生活在一起，也是一种缘分。

做夫妻不容易，做对白头到老的夫妻，更是不容易！

一眼之念，一念执著

——嫦娥应悔偷灵药，碧海青天夜夜心

云母屏风烛影深，长河渐落晓星沉。

嫦娥应悔偷灵药，碧海青天夜夜心。

——唐　李商隐·《嫦娥》

想想自己，这么个没心没肺的女人，也还是有为一个人掏心掏肺的过去。

失败的恋情，总是逃不过相识相恋、背叛然后老死不往来的老桥段。年轻的男女，并不太适合远距离的恋爱。缺席了对方的成长和蜕变的话，也将从彼此的未来剥离。

成都到西安，800公里；两个人，隔绝在了两个世界。于是，在成都某个屋檐下，待下来就是5年，不曾离开，只为某一天，也

许他会回来，一丝浅笑，一盏茶汤……

初识，送他木梳，后来遗失，再也找不回来；他送银戒，曾经十指紧扣的双手，如今夜里独自合十。

长不过执念，短不过善变……

小小一个指环，圈住手指，与相爱的人约定今生的爱情密语。一个小小的指环是轻微又沉重的承诺，是最纤细而又最甜蜜的束缚。

最早的戒指，和爱情无关，关乎信仰。

希腊神话中，天神普罗米修斯盗来火种送给人类，激怒了众神之主宙斯。宙斯将普罗米修斯用锁链钉在高加索的悬崖上，每天还派一只恶鹰去啄食被缚的普罗米修斯的肝脏，到了夜晚，被吃掉的肝脏又恢复原状，直到有人自愿为他献身为止。一天，希腊英雄赫拉克勒斯来到这里，看到可怜的普罗米修斯，一箭命中那只恶鹰。然后松开锁链，解放了普罗米修斯。

为了满足宙斯的条件，半人马的喀戎作为替身，留在了悬崖上。喀戎为了让普罗米修斯脱离苦海，甘愿与之交换，放弃永生的同时，还要忍受九头蛇毒的痛苦。最后，普罗米修斯恢复了自由，却必须永远戴一只铁环，环上镶上一块高加索山上的石子，这样，宙斯还可以骄傲地宣称，他的仇敌，仍然被锁在高加索山的悬崖上。

这就是最早的戒指，有太多权力和迫害，并不是那么唯美。戒指代表了一种相互维系的关系，就如同先民的抢婚一般，男子会给抢夺回来的妇女戴上枷锁，表示她已归我所有。多年嬗变，枷锁变为戒指，男女互赠，属心于彼此。

戒指，画不住安全爱情的圈子，只是一种互相承诺的方式，如同“我爱你”，让彼此宽心。但是从此，苦辣酸甜，都有人分享，不会只有一个人。

也有洒脱的男孩，送戒指给心爱的女孩，说，如果有一天没有在一起了，就把那枚戒指戴到食指上，继续寻找爱情。

希腊人会在戒指上刻着“OMONIA”，取义夫妻和谐；在法国，浪漫之都，定情的戒指上则刻着“bonne foi”，意思是为了彼此；意大利出产的戒指，会用“fede”来表达对爱情久远的祝福……

“静女其娈，贻我彤管。彤管有炜，说怿女美”，古往今来，戒指作为爱情的见证和婚姻的信物，留下了许多美好的片段。

有情的故事，总是特别能让人记住。比如说韦皋，也许没有人记得，他做过剑南西川节度使，后受封为南康郡王；也许没有人记得他是中唐的“西南柱石”，驻守蜀地21年，破吐蕃大军48万。但是大家一定能记得，他和名妓薛涛间潜滋暗长的情愫，还有薛涛那才情并茂的《十离诗》：犬咬亲情客、笔锋消磨尽、名驹惊玉郎、鹦鹉乱开腔、燕泥汗香枕、明珠有微瑕、鱼戏折芙蓉、鹰窜入青云、竹笋钻破墙、镜面被尘封，一个取悦主人的女子，奴颜婢膝的满腹缠绵。

韦皋出身于关陇军事贵族集团，先祖早在后周和隋朝都有大功勋。有家族的荫庇，加上身世的传说，韦皋成长很顺利。

韦皋满月时，韦家斋戒长安高僧，来为小公子祝寿祈福。一个相貌奇丑的天竺僧人，着陀色的缦条衣，穿革屣，不请自来，受到了慢待和冷遇。当乳娘抱出小公子，开始祈福礼仪，天竺僧人对宝宝说："别来无恙么？"小公子仿佛能听懂似的，对着天竺僧人一直笑。韦夫人觉得很奇怪，自家孩子出生才一个月，如何与这天竺僧人别来无恙？在韦夫人的一再追问下，这个天竺僧人才道明，韦皋是诸葛亮转世，以后是要庇护蜀地的，所以他不远万里，从蜀地跋涉来到长安，来见故人一面。大家都觉得非常奇异。

感觉这个天竺僧人，像极了《红楼梦》中的癞头和尚，在现实和玄机中穿针引线。因这段因缘，韦皋字成武，而从韦皋人生发展轨迹来看，经略蜀地21年，文治武功，击败吐蕃军队48万，确实应验了这个天竺僧人的谶语。同一时代的文臣武将，莫出其右。

这样不世出的名将，也许红颜相伴。薛涛，也许只是锦江畔的一抹嫣红，终究成不了心口滚烫的朱砂和手上淡淡的印痕……

韦皋年轻的时候，到江夏游玩，一待两三年，一直住在江夏姜太守家里。姜太守家有个儿子，叫荆宝。荆宝称呼韦皋为兄，但是事之如父，恭敬异常。

荆宝有个小丫鬟，叫玉箫，才10岁。荆宝让玉箫去伺候韦皋，玉箫也乐得前往。

此时的韦皋，没有功名利禄的牵绊，洒脱无争，如闲云野鹤，在江夏的青山绿水中，快乐得像个长不大的孩子；而这个时候的玉

箫，“娉娉袅袅十三余，豆蔻年华二月初”，如同嫩叶含苞，叶渐展而花渐开。他逗她说笑开心，她每日照顾他饮食起居，一来二去，两人之间便生出了爱慕之情。

叔父修书到江夏，催促韦皋回家省亲。最是少年别离时，若相离，便无期。叔父也曾经年轻过，如何不明白韦皋心中的难舍，只能狠下心肠，给荆宝下命令，不能让韦皋和玉箫再见面了。反正注定离别，再见只是徒增伤感。

站在船头，看到岸边的景色慢慢退去，一丝悲意，涌上韦皋心头，竟然催下了几滴泪水。韦皋黯然地拭去泪水，想起恋人玉箫，多日未见，一定是愁容满面，姿容更加清减，心里酸溜溜的。

伤心之处，韦皋拿起笔来，准备给荆宝留书。说些什么呢？感谢他这几年来对自己如兄如父的照顾；还是感谢他把玉箫，这朵长江边最淡雅的水仙，送到了自己的身边；或者说是托他好好照顾玉箫，是等自己呢，还是替她寻个满意的门第，出嫁了。想到这些，分别的万般苦楚，再一次模糊了青年韦皋的双眼。

正在这时，荆宝带着玉箫前来送别。韦皋一见故友和心上人，悲喜交加。紧紧拥抱着荆宝，和玉箫相顾，无言。

知韦皋者，莫若荆宝。荆宝让玉箫随侍韦皋左右。回归长安，路途遥远，不能缺个知冷知热的人来照顾。荆宝算是摸准了韦皋的心事，在那么一瞬间，韦皋真的想带着玉箫，浪迹天涯。理智告诉他，不行！

一来，自己离开长安，离开家已经挺长的日子了，没有拜见父母，在父母面前尽孝也就算了，还带着女侍回去，不免惹人猜疑，说他留恋乐土。二来感情这个东西，如星星之火，根本就掩盖不了，看她的时候满是情意，想她的时候满是情意，这些根本就骗不过精明的母亲的。如果这样就对玉箫产生了偏见的话，说她狐媚惑主，反倒弄巧成拙。三来，长安离江夏千里之遥，玉箫第一次离家，就这么长时间，她思乡情浓，恐怕多有不便。

韦皋坚决拒绝了荆宝的好意，同时取下了随身佩戴的玉指环一枚，写了一首《忆玉箫》，一起赠送给玉箫，并和她约定，快则五年，慢则七年，等他略有小成，能做自己主的时候，便来迎娶玉箫。

这首《忆玉箫》是这样的：

“黄雀衔来已数春，别时留解赠佳人。

长江不见鱼书至，为遣相思梦入秦。”

自从离别后，这阕诗和玉指环，就成了玉箫终日的念想，朝思暮念，等待着心上的男子，早日前来，履行诺言。

韦皋回到长安之后，通过家族的余荫，被选为建陵挽郎，正式步入了仕途。后任监察御史，因在平定朱泚叛乱中，表现优异，被提升为左金吾卫大将军，后代替张延赏，成为剑南西川节度使。

韦皋一边奋斗，一边成长，不知“山中岁月容易过，世上繁华已千年”。五年过去了，韦皋音信全无。“晴川历历汉阳树，芳草萋萋鹦鹉洲”，玉箫终日在鹦鹉洲前静默祈祷，等待情郎的到来。不知不觉，又三年过去了，韦皋还是没有来。

玉箫心如死灰，叹道：“韦郎一别七年，想是长安繁华，忘记

了玉箫，肯定不会再来了！”此时的玉箫，已经年方二十，一直云英未嫁。看着韦皋去如黄鹤，姜太守一家特别是荆宝也很是心急，也尝试给玉箫介绍过一些青年才俊，均被玉箫拒绝了。对于一个女人而言，哀莫大于心死。心死了，这个世界还有什么值得留恋，值得追求？韦皋走后的第八年春天，玉箫开始绝食，不久香消玉殒。姜太守一家可怜她对爱情的忠贞和节操，将韦皋所赠玉指环戴在她的中指上，和她一起安葬，长埋黄土。

剑南西川节度使，从来都不是一个轻松的差事。蜀地民风彪悍，且少数民族杂居，南临南诏，西接吐蕃。在玄宗天宝十年、十三年，两次对南诏的战争中，共有18万大唐精锐铁骑都埋骨西蜀。蓉城花飞，繁华安逸，却是一个腹背受敌的地方。坐镇锦城，犹如放在火上，翻着面儿地烤。就在这里，韦皋开始了半生经营。

旷日持久的战争，是个斗智不斗力的巧活儿。

韦皋一到任，一方面，对蜀地的少数民族，恩威并施，加以安抚，以专心对抗大唐的心腹之患——吐蕃。另一方面，修为政治，为日后的对外战争，清理好自家门户。

他重新审理在押300余囚犯的案件。一经查实是冤假错案，无论轻罪重罪，即时平反昭雪。其中有一个囚犯，身带重枷，过堂审讯的时候，偷偷瞟了一眼主审官，一看是故人，心下大喜，叫道：“大人，大人，您还记得当年姜家的荆宝不？”韦皋也觉得很惊奇，说：“记得，记得，常常想起他！”“我就是他啊！”韦皋一经查问，原来他走后没有多久，荆宝就明经科及第，被授为青城县令，后因为家人不慎失火，烧毁了一众公共财产，于是被定罪下狱。

韦皋感念当日情意，同时事件皆因家人而起，和荆宝确实没有太大的关系，就为他平反了。不过因为有了这个污点，暂时无法官复原职，就留在韦皋处做幕僚。

前线战事吃紧，韦皋进攻犀利，防守稳健，仍心力交瘁；后方百废待举，大小公务需要批示处理，韦皋一忙几个月，焦头烂额。等闲下来，和荆宝聊天，才问起玉箫的情形。荆宝具实告知，韦皋违背当日誓约，八年未至，玉箫绝食而死，临终前还吟着当年离别时韦皋留赠给她的《忆玉箫》。

韦皋听了，哀叹不已，一则辜负了一个至情至性的好姑娘，二来枉杀了一条如花似玉的性命。韦皋受母亲影响，深信佛理，认为玉箫有心愿未了，不得超生，于是公务繁忙之余，潜心为寺庙抄写佛经，同时在嘉陵江边督建凌云寺大佛，报答玉箫的夙心，也帮她早日脱离苦海。

也许韦皋的诚信感动了上天，一个月色朦胧的深夜，玉箫飘然来到韦皋的梦中。半嗔半怒，怨韦皋薄情负约，才让有情人阴阳两隔；还感谢他抄佛经，修佛像，广结善缘，她会10天之内转世再为人，再过13年，还来做他韦皋的姬妾。

韦皋知晓了玉箫的下落，心里略为安定，从此，更加勤勉于政务和军务。

维州之战，是韦皋一生战斗生涯的制高点。吐蕃为了扭转十数年对唐作战的劣势，迂回作战，攻打灵州、朔州。韦皋将军队分成了十路，大举向吐蕃腹地进攻，一举击溃吐蕃和阿拉伯的联军。这样大胆而又华丽的作战风格，恐怕只有清太祖努尔哈赤能与之媲美。这场战争从春天打到秋天，逼迫吐蕃袭击灵、朔二州的部队回藏驰援，在维州展开决战。韦皋采取诱敌深入的战略，十万敌军歼灭过半。

通过20年来对吐蕃的对峙大战，收复失地，震慑大西南，韦皋成为大唐王朝的“擎天一柱”，官职一升再升；而在西川，韦皋治蜀，政治清明，各族归附，深得人心，被视为神明。

某年，韦皋庆祝生日，同僚下属们送来了诸多贺礼，都是奇珍异宝。唯有东川节度使卢坦送来一位歌姬，未到及笄之年，甚是奇特。体态风姿，音容笑貌，活脱脱就是当年姜太守家的那个玉箫。更奇特的，这个歌姬，芳名也叫玉箫；另外，在这歌姬的中指上长着一个肉质的指环，也和当年韦皋赠与玉箫的玉指环十分相似。

韦皋不得不再一次感叹因缘际会的神奇：因缘会则万物生，因缘离则万物灭。方才知道生与死的差别，就在一念之间，一来一往。玉箫托梦所言，都应验了。

大抵，只有能够兑现的承诺，才配叫承诺吧。

谁能够忍心，一眼之念，让对方，用一生去守候一份未完成的承诺。爱情很脆弱，如果再只剩等待的话，那爱情本身，就更加一钱不值。这种靠不住的危险关系，仅仅靠一枚不懂人情的指环，如何能维系，如何来坚守？

于是看着家里的戒指，闪过了，褪去了光泽；取下了，再也套不上指节。世间的爱情，也不过这样，流产的多，完满的少，或者不了了之，或者噬心刻骨。

只记得，5年之前，你来了，我的年龄，四舍五入是20；5年之后，你走了，我的年龄，四舍五入，变成了30……

公然走私的爱情

——相思只恨难相见

相思只恨难相见，相见还愁却别君。
愿得化为松上鹤，一双飞去入行云。

——唐　步非烟·《答赵象》

看到这首诗，总是想起李义山的“相见时难别亦难”，总觉得，从女人嘴里说出的“相思”，味道要淡一些。也许，女人总是把“爱你”“想你”挂在嘴边，总是会降低这份感情的浓度。

女人最经典的三个问题“你爱不爱我？”“你有没有想我？”“如果我和你妈妈掉进水里了，你先救谁？”完美地把女人的爱情智商拉到了零。一个男人，如果爱你、想你，他会通过一切可以想到的方式告诉你，QQ、MSN、邮件、电话、快递、步行到你家楼下。如果他没有这样，咱们又何必要逼出一个想要的答案？自取其辱不说，还让我们的爱情在那个高傲的男子面前，更加一文不值。

古时的男子，一生大抵是有两条轨迹的：一是婚史，攀龙附凤，娶五姓女；二是情史，结识各地才女，谈情说爱。大部分仕宦游子皆如此。

一部分男子，男欢女爱游刃有余，足以令高贵的婚姻和隐秘的欢愉并行不悖。这样的，我们姑且称之为“情圣”。

大唐男子浩如烟海，能勉强匹配“情圣”二字的，只有两人，一是元稹，一是李商隐。

元稹，典型的“家中红旗不倒，外面彩旗飘飘”，虽说这在古时，对于一个男子并不是什么罪过，只是他心中揣着初恋莺莺，娶了韦丛；韦氏尸骨未寒，一年后纳妾安仙嫔；安仙嫔三载相随，离去一年，续弦裴淑，还有进行时的名妓薛涛和艺伶刘采春，都是缠绵缱绻，郎情妾意。这样的男子，一面唱着“曾经沧海难为水，除却巫山不是云”“惟将终夜长开眼，报答平生未展眉”祭奠死去的爱情，一边穿行大江南北花丛，风流薄幸，诗言志也就成了他背弃爱情誓言的莫大讽刺，如此情圣！

李商隐，称他为“情圣”，却没人知道他究竟和谁怎么样荡气回肠地爱过，只是因为，这个男子的笔尖，流出了那么多情意绵绵的诗句，如同美人倾国，只是回眸一笑，醉了大唐万里江山。李商隐的爱情诗中，“芳心向春尽，所得是沾衣”，那小儿女朦胧的情

真；“春蚕到死丝方尽，蜡炬成灰泪始干”，那倾其一生的付出；“此情可待成追忆，只是当时已惘然”，那爱情稍纵即逝的遗憾，拨弄日月弦，迷醉情人心。

像李义山这样的从容而通透的男子。他们洞察女人情绪的变化，将女人心中散乱的感觉进行重组；他们甚至不说一个“爱”字，就可以让女人心动难耐，说不清的瞬间浪漫、疯狂。

不似那些手腕够、脸皮厚的，彻底的欢愉之后，彻底地放弃。终其一生，他们高居庙堂，是谦谦君子；而那些女人，短暂恩爱之后，无一例外地在蒙羞的寂寞中，了此残生。有些人的出现，是为了捣乱，是为了狠狠地给咱们上一课，然后拍拍屁股走掉。

爱情之所以为爱情，在于蠢得无怨无悔。男儿多薄幸，上下千年，还真不乏有用生命换真心的女子，直到最后，伤痕累累，才悲哀地发现，男人和洋葱一样，是没有心的。

自古女子以脸面为重。第一，女子大多以色事人，色衰而爱弛，所以女子的容貌皮相尤其重要；第二，娶妻嫁女，要的就是家世门第，也是脸面。倾国容颜和名门淑媛，对任何男子来说，都那么难以抉择。

自从在洛阳街头，惊鸿一瞥之后，武公业对步非烟难以忘怀。

在唐朝，环肥燕瘦，皆能各展其美。女人可以丰腴、健硕，玩男人的游戏，比如打马球、蹴鞠、骑游狩猎等；也可以纤细柔弱，将女性特长发挥到极致。步非烟就是后一种女人，轻盈纤弱，如弱柳扶风，《红楼梦》中说“气儿大了怕吹跑了姓林的”，那病若西施胜三分的美态，步非烟有过之而无不及，惹得人怜爱之心无比泛滥，想去保护她，在天地之间，为她撑出自在和安全。

唐朝的女子，可以抛头露面，看表演，交朋友，才华外露。才女上官婉儿、晁采、杨容华，舞蹈家杨玉环、公孙大娘、谢阿蛮，书法家吴彩鸾、刘秦妹皆是如此。步非烟也是洛阳有名的才女，工于词律，好舞文弄墨；喜好音乐，琵琶和击筑堪称一绝。

武公业倾慕步非烟的美艳和才艺，一见钟情，再见倾心。即使步家寒门小户，对他的仕途毫无帮助，还要冒着“美人不安于室”的预言，他千辛万苦把可人儿娶进了府中。

那头，步非烟十五六岁，并不能明白婚姻和爱情，对于她的家庭，对于她自己意味着什么。父母之命，媒妁之言，才貌俱佳的步非烟，嫁给了河南府功曹参军武公业为妻。

婚后，武公业待步非烟如珠如宝，只要是步非烟要的，说出来的，心里想的，武公业都会想办法办到，宠爱无以复加。然而步非烟心里不对味的感觉，与日俱增。

自古佳人配才子。这武公业，时任河南府功曹参军，是个武将，长得虎背熊腰、五大三粗的，别说玉树临风，连齐整都有些勉强。习武之人，性情耿直，粗犷彪悍，有一说一，有二说二，没有文化人的花花肠子，说起漂亮话来也不是那味儿。步非烟在家做女儿时，也是宠着、疼着，家里人都照着她喜爱的方式，歌兮舞兮，诗兮辞兮，取悦她。而武公业，只知道铠甲和弯刀，不懂她诗词的韵味，也不明白乐舞中的情意，每当她击筑、弹琵琶，他总是静静地坐着，看着她的侧脸，发呆愣神。也许，从这个大老粗的角度，他能够坐下来，耐心听完这些个不知所谓的东西，就是对妻子莫大的理解和认同。而在步非烟看来，对牛弹琴的无奈，知音难觅的落寞，是任何骄纵宠爱无法填补的。

她多么希望，能有一位才貌卓绝的多情公子，与自己相伴终生。这样强烈的期盼，衬得眼前的婚姻生活，更加枯燥和无望。

武公业的隔壁，住着天水赵氏，名门望族。赵家公子，弱冠之年，名叫赵象，文采风流，常常和朋友相约后庭，吟诗作对，操琴舞剑，做所有风雅的事情。赵象温文尔雅，如所有的诗人一般，多情而敏感，风乍起，吹皱的不只一池春水，也吹动了少年男儿的心，锦绣诗篇涌起无数。

步非烟难以排遣心中的落寞和顾忌，当武公业轮值不在家的时候，这种感觉更加强烈，怎么样也还是有人陪着好。这个时候，她常在后院徘徊，看花儿绽放的姿态，听百灵唱的歌儿。于是赵象的才情和风华，也渐渐进入了步非烟的视野，从他那琅琅书声中，也浮起了“君善抚琴我善舞”的爱情幻想。

冰冻的热情满满开始复苏，步非烟开始有期待，心情跳跃。当赵象读书的时候，这个女人，就开始弹琵琶或者击筑，随着他的抑扬顿挫，情绪起伏。她心情好的时候，还会调皮捣蛋，恶作剧地用音律拨乱他的情绪，让他词不成词，曲不成曲。偷偷地幻想，隔壁的青年，会不会生气，会不会在墙那头，愤愤地朝这边张望。

她想看看他的模样，那瘦削的背影，有着怎样俊雅的面容。她却不想他看见自己的模样，她美，可她不是活的，这样的婚姻，这样的生活，抽掉了她所有的生气和活力，“腐尸”般的女子，能美到哪儿去？

后院南角，矮墙一堵，如何拦得住寻访爱情的心。赵象一个人看书、吟诗，一个人舞剑、抚琴。自从见到她，容止纤丽，凝立在花丛中，柳眉微蹙，那种寂寥的气质，让人心疼，赵象爱她娴静多情，空灵飘逸，仿佛是误落凡尘的仙子。赵象知道，她是隔壁的娘子，名花有主，他的这份儿感情，注定多坎坷，也不会有什么好结果，但他还是忍不住去想，一直想，不能自持。他写了一首诗“一睹倾城貌，尘心只自猜。不随萧史去，拟学阿兰来”，每日在后墙根儿地念着，想让她听见，又害怕别人听见，心情总是惴惴的。

爱情是一种很玄的东西，能让聪明的女人变笨，让笨女人更笨；让年轻的男人变成熟，让成熟的男人变年轻。爱情，也衍生出了许多勇气和智慧：夜深，仓央嘉措溜出布达拉宫，他不再是活佛，而只是拉萨酒吧里一个心心念念想得到情人垂青的男子。赵象也是怀着朝圣的心情，买通了武公业府的家仆，希望能将这份情意，传递给自己的意中人。

收到家仆送来的诗笺，步非烟浅浅一笑，没有言语。作为美女，任何的赞美，步非烟见怪不怪；但这么直接的邀请和挑逗，她有些动心。这是她心仪的男子，用她喜欢的方式，表达对她的喜欢。这种互挑琴心的感觉，真是说不出的美妙。她爱他，并且知道他也爱着她，心里升起了重重柔情蜜意。

家仆带回了步非烟的反应，赵象很疑惑，他摸不清楚她的态度。他一边暗悔轻率，嘲笑自己心急吃不了热豆腐；一边仍没有死心，毕竟她没有明确拒绝，等着等着，也许就有戏啊。

接下来的事儿，果然就按照我们期待的线路走。赵象相思难耐，又写了两首情诗，托“青鸟”仆人传给步非烟，终于定了情分。爬上墙头等红杏，一日武公业衙门当值，赵象翻过南墙，鱼水偷欢。

偷情，就是罂粟花，美丽而邪恶，绽开一时，更多的却是残败和凄凉。他们痴缠着，贪婪地吮吸着彼此的情爱和心血，一个轻飘飘的眼神，一声软绵绵的呼唤，都能唤起彼此微妙的感应。

相聚时日短，相思日月长。大多数的日子，他们都只能锦书传情。南墙那边，赵象庭院里吟诵诗书；南墙这头，步非烟坐廊下轻抚琵琶。一唱一和，都是浓浓的相思。

赵象，依旧是翩翩公子，依旧要考取功名，少不得和朋友出去风流。依旧是夜半来，天明去，除了在身下颤抖，共赴云雨的刹那，他分给玉人儿的时间，实在是少得可怜。

步非烟，这个为爱而生的女子，为了那走私的爱情，做了疯狂的事情。思念，是用心血滋养的玫瑰。可怜人啊，她的妩媚，只能在暗夜绽放；她的眼泪，从眼角，生生咽回心里，独自一个人的时候，再从每个毛孔里渗出来，湿透衣衫。

“相思只怕不相识，相见还愁却别君；

愿得化为松上鹤，一双飞去入云行。”

她是那么向往自由而纯粹的爱情，可她拥有什么呢？她不满足于这样偷偷摸摸、见缝插针的偷情了，她热切地期待着，和赵象，她心爱的情人，化为比目，鱼戏莲叶间；做松上鹤也不错，至少双宿双飞，云里雾里也还有个伴儿。

躺在他的怀中，纤手在他胸前打圈儿，她柔柔地呢喃：离开这儿好吗？就我们两个人。有时候他说好，有时候说不好。问来问去，她就不问了。不是没有机会，是她的男人没有胆量。

唐朝的女子，地位虽较其他朝代高，有不少女子休夫、再嫁的先例，但也不是她这般寒门女子所能想、能实现的。而且，他，出自天水赵家，名门之后，将来是要鲤鱼跳龙门的，如何能娶她这般的再嫁之妇，让前程和家族蒙羞。一个好的结局，终是求不到了。

到了这般田地，步非烟有些明白了。爱他，就保持合理的距离。谁先交出了心，气场就败了，注定日后受伤就会多些。恋爱久了，感情淡了，再也不用兜着圈子。难道捕捉到猎物，就不需要“伪装”了？女人的精致扮相，男人的温柔体贴，都是幻象。曾经，步非烟认为，有了爱情，就有了快乐，但现在，不快乐的时候更多。没有指望的爱情，让她迷惘、心碎。

武公业依然忙碌，依然痴望，呆呆地看着非烟抚琴吟诗，落寞的背影从厅堂到庭院，在南墙底下，看着春花秋月，怔怔出神，从此欢颜难见。每当吻她、亲近她的时候，她不迎合、不反抗，像一具木偶，了无生趣。武公业宠她、爱她，也不勉强，总在自责，自己娶她，不是为了给她幸福的生活吗，为什么却让她越发地不快乐？

他近日听了些闲言碎语，说他的娇妻和别人有奸情，自己白白

做了乌龟。

武公业不敢相信，更加爱待在衙门，假装自己更忙碌。一向谨慎的武公业，开始迷恋酒醉的感觉，头痛了，心也就没有那么痛了。他想淡淡地装作不曾听说，可是说的人多了，生生地往他耳朵里钻。空穴来风，未必无因。于是他悄悄召集家仆，秘密审问。

出卖和背叛，毁掉了世间的许多秘密或者暗夜里的情花，比如布达拉宫的守门人、鱼玄机家的绿翘，还有步非烟的家仆。

世上没有不透风的墙。这人啊，一旦心虚，就会显出面相。武公业在家仆夫妻处找到了突破口，意识到自家的桃色事件，或许真如别人说的那般绘声绘影。他还是不愿相信，自己那如花似玉的妻子，似乎对雄性动物没有什么兴趣的妻子，会在别人的床帏间，有如此风情。

女人放纵自己，却轻而易举毁掉了武公业关于爱情、关于幸福的幻想。

武公业告诉妻子，由于公务，他需要出一趟远门。出门后中途折返，躲在后院的南墙下，看是什么样的登徒浪子，敢在武军曹的半径里，偷香窃玉。入夜了，赵象十分纯熟地逾墙而来。

武公业也不明白，自己这么做，究竟希望的是什么样的结果。如果她真和人有染，是维持现状，只要不再藕断丝连就好，还是斩断情丝，不做这王八；如果没那回事，按照她那清高执拗的个性，知道自己生了疑，断然不会再留下来。武公业对步非烟的爱，并不比赵象和步非烟彼此的少，他希望把自己所有，都给了妻子，即使出了这等丑事，他也可以忍下来。只要她依旧留在身边，只要她断了那走私的念想。这是男人的底线，却为了心爱的，心里没有他的女子，一降再降。

忽然间，墙头人影晃动，武公业按捺不住，抽出宝刀一挥手，“嗞啦”一声，衣衫轻轻被削下了一大块，“扑通”一声，人却重重地跌回了邻院。一块儿男人的衣襟，武公业看着心里生疼生疼的。所有不愿意接受的东西，一股脑地都压了上来。

武公业疾步走回卧房，步非烟正凭栏观望，一身素雅的纱裙，头发在脑后，松散地绾个髻，红唇娇艳欲滴，让人直想冲上去，一亲芳泽。想到如果不是自己先一步有所防范，估计这幅景象应该是隔壁的那小子享受了吧。说来好笑，和自己成婚3年多，她从来没有给自己这样的一面。她轻轻地吟着：“青青子衿，悠悠我心。纵我不往，子宁不嗣音”，眉头微蹙，略有微嗔。武公业虽不大爱好诗文，这还是懂的，她在思念一个人，也在等待一个人。这个人，却不是她的夫君，武公业。

武公业将衣襟丢到她面前，低吼道：你思念的衣襟，来了！

步非烟抬起眼帘，没想到，说着要外地当值的丈夫，正站在她面前，手中拿着半块衣襟，决绝地走了过来。她扬起头，微微一笑，格外轻松，为了这一刻，她等了两年。

“你每天做这个样子，给谁看哪？看到自己夫君，从来就没有笑意，夫君不在家，打扮得这么撩人，给谁看啊？”气急之下，武公业一巴掌抽过去，步非烟翻倒在地。武公业撑着她的削肩，顺到墙边，不停地摇晃。

步非烟别过头去，不正视武公业。她的目光，从夫君的肩头掠

过，死死地盯着墙头。或许她在期待，和她恩爱缱绻的男子，身骑白马，翻过墙头来解救自己。直到确信那人不会出现，她的梦醒了。所有的海誓山盟，不过是春梦一场。是梦，就会醒，她认了，只恨睡得太沉，醒得太晚。

武公业捏着她的下巴，指尖凝聚了仇恨，还有心疼："看你都做了些什么丑事，看看你都做了些什么？"他的拳头，在墙上一下一下死命地擂着，这头受伤的狮子，一个被至爱的妻子伤了心的男子。

美好的东西，在自个儿的手里破碎了，感觉是天大的罪过。可他恨不起来，出墙红杏，一段公然走私的爱情，不知道应该拿她怎么办呢？只要她撒撒娇，说点儿软话，"我错了""原谅我，再也不敢了"，他都愿意原谅。他实在是舍不得，自己千辛万苦讨来的新娘，自己期望中的婚姻，如何舍得亲手毁掉呢？

事已至此，多费口舌无益，"生既相爱，死亦何恨"！如果说平时的步非烟，中规中矩，像个精致的木偶。今日的她，清冷孤绝，倔犟勇敢，更加挑起了愤怒的弦。武公业抽下了墙上的皮鞭，一边抽，一边落泪，不见鞭下的人求饶，他一下下地逐渐失控、疯狂。

生既相爱，死亦何恨。不明白，她所爱的是否还是那个没有担当的奸夫。皮鞭下处，皮开肉绽，皮鞭之下的，再不是那个他决意一生保护的女子，而是一个恶魔，一个偷了他的心却又轻易丢弃、狠狠踩碎的魔鬼。

一鞭一鞭地越抽越紧，步非烟渐渐连倔犟的气力都没有了，软软地瘫在地上。武公业也累了，就靠在墙边休息，睡着了。步非烟拖着满是伤痕的身体，向仆人要杯水喝。可怜的女人，还没有等来最后的清泉，就永远地睡去了。夜凉透了，武公业被凉风吹醒了，看步非烟死死地趴在地上，心下不忍，想抱她到床上休息，她已然浑身冰凉，魂飞云外。武公业傻了，又悔又恨、又怕又急，一时不知所措。还是家仆出了主意，对外说步非烟病重，过了三日就暴毙，草草葬在了北邙山。

后来，武公业总是梦见步非烟，那落寞的身影，冰冷的神色，还有那日鲜血淋漓的身子和决绝的姿态，清越的琵琶声环绕在厅堂庭院间，让人心里一阵凉意。武公业受不了双手沾血和物是人非的双重折磨，在河南府也没待多长时间，借着调令，就离开了这个伤心地。

到了这里，所有的故事就结束了，有人在问，赵象呢？是啊，赵象呢，墙头一跃之后，就不见了踪影。听说是改名换姓，去了江南烟花之地，寻找另一个温柔乡去了。

步非烟用生命追求爱情，到头来握着的，是夏娃的诱惑，还是死亡的魅影？

步非烟不是独自垂泪的人，也做不来曲意逢迎的事儿。金银财帛，很难在一夜之间化为乌有，但是感情就在一念之间，不爱就是不爱，装都装不出来。举案齐眉，可以作秀给别人看，但日子还得自个儿过，爱情，婚姻，如人饮水，冷暖自知。

一个女人，要怎样的胆识和气魄，才敢对父母之命、媒妁之言

说“No”，才敢在爱情的歧路上，做着华丽的冒险；一个女人，是多么的淡定从容，才能独自承受两个人的罪孽，用生命，为走私的爱情赎了罪。

她错了！

一错，所托非人，嫁了一个不适合的男人，还能再木讷一点；爱了一个男人，却是个不折不扣的孬种，东窗事发，跑得能再远一点吗；再错，生错了时代，在那个时代，婚姻自主，是贵族女性的特权，平凡女子依旧一次就是一生，想再洗牌重来谈何容易？逃不开的是道德教义的天罗地网。

去除所有的粉饰，不过是一个比烟花寂寞的女子，因为寂寞而爱错了人，又因为爱错了人，活活葬送了一生。

第四部分

分别：以无涯之情爱悼不驻之光阴

聚散乃人生寻常，却也是堪叹息。最可叹的莫为，散时以为寻常，却相聚无日；或者红颜相别，再见已为白首。只可叹命运，可叹离别……

不勇敢，没人替你坚强

——但见新人笑，那闻旧人哭

绝代有佳人，幽居在空谷。自云良家女，零落依草木。
关中昔丧乱，兄弟遭杀戮。官高何足论，不得收骨肉。
世情恶衰歇，万事随转烛。夫婿轻薄儿，新人美如玉。
合昏尚知时，鸳鸯不独宿。但见新人笑，那闻旧人哭。
在山泉水清，出山泉水浊。侍婢卖珠回，牵萝补茅屋。
摘花不插发，采柏动盈掬。天寒翠袖薄，日暮倚修竹。

——唐　杜甫·《佳人》

经历了从7楼阳台翻窗进屋这样的午夜惊魂事件之后，越发觉得，家里有个男人的重要性。且不说，工作一天之后，家里有个人在等你的幸福感觉，也不说，成天一个人在家里蹦跶，快憋出自闭症了；只当为难时，有人陪着，说："这多危险啊，哪是女孩子干的，别动，我来！"就足以让人放弃一个人的自由，寻找另一个人的陪伴。

找来找去，觉得恋爱这件小事儿，还真不能将就！也许咱跟不上他的思维，一下子能从"今天工作忙吗"穿越到"数风流人物，还看今朝"；也许他超级大男人，初次见面就问"要不要听我的话，一辈子只听我一个人的话"；也许他满身负能量，一脸苦相，黑洞般地噬掉着阳光……

恋爱是资源整合，优化重组。女人就像辅导员，花了大力气培养那个男人。结果别人毕业了，奔向了更好的女人。新人颜如玉，旧人又如何？如果那样，不是给自己添堵嘛。

爱情上头，聪明人会变笨，笨的更笨。当年，女人抛弃全世界跟着他，后来，他像她抛弃世界一般，抛弃了她。"你用一辈子的幸福来赌，我怎么舍得让你输"，这个是理想中的爱情，少！

"她比你更需要我，她没有我，就活不下去，而你可以活得很好"：一个女人被抛下，没人疼爱，是因为她坚强，能够笑面生活的苦创，这多么讽刺！转过头，如果没人疼爱，可怜见的，又能给谁看呢？自己不勇敢，谁还能替你坚强？

所有的无理，他永远包容；所有的懦弱，他一直心疼；所有的伤害，他总在抚慰。那是爸妈，给你过去，筹划将来。

又帅又有才的男子，又漂亮又贤惠的女子，历来就少。找到合适的另一半，几率之低，跟中彩票有一拼。于是多了棒打鸳鸯的

爹，钻钱眼里的娘，真是可怜天下父母心。

长安城里，就有这么一对闹心的父母。父亲王允，当朝丞相，执天下权柄，一人之下，万人之上，和夫人陈氏，膝下无子，只有三女，宝贝得不得了。大女儿、二女儿都觅得良配，正值小女儿宝钏结彩楼招亲，本是天大的好事，不过乱了套。

说说这个抛绣球招亲吧，这是件偶然性很强的求偶事件，是古代婚姻的变异形式。抛绣球的一般都是年轻贵族女子，如玄奘之母殷氏"满堂娇"。这样的女子，家世好，受了好的教育，眼界被捧得越发高了，一般的男子入不了眼。同时，像这种大庭广众下的求偶，对家族声望有帮助：吸纳民众关注，多了谈资，也标榜了贵族的恢弘气度。不是门当户对吗？我们就要"千里姻缘一线牵"。

绣楼临街而设，招亲女子看准了谁，就朝他抛出绣球。得到绣球的男子，即被招为女婿。游戏规则很简单，不过绣球这么一抛，不可控性就大大增加了。寻常男子，想要进着大宅门，少不得过五关斩六将的，文治武功都要上得台面。可抛绣球招亲，中标男子的质量就无法保证了，可能是俊彦，也可能是无赖；而且命中率也是个问题，中意某人，却砸中了另一位，也是常有的。

这不，王家三小姐宝钏的绣球，居然打中了一个叫花子似的男人。丞相府一下子从张灯结彩的火热，降到了冰点，人心惶惶。

这人名叫薛平贵，看来身材魁梧，眉宇之间透出的一股英武之气挺招人喜欢，在一堆市井之徒里，显得鹤立鸡群。身上的行头确实够差的，一身布衣，打了一重一重的补丁。一打听家世，王老丞相的眉头，锁得更深了。这薛平贵，早年父母双亡，吃百家饭长大，来长安投军无门，平日靠打些短工维持生计，居无定所，上顿不接下顿的，和乞丐真没太大的差异。

王允不是没有爱才之心，只是牵连到宝贝女儿的终身幸福，老丞相都恨不得再谨慎一些，再挑剔一些。在老父亲眼里，薛平贵无父无母、无家无业，不值得依靠。三女儿宝钏又是老两口的心肝尖尖。而王宝钏一眼就相中了薛平贵这穷小子，人穷志坚；也有人说，宝钏和薛平贵原本就相识、相恋，只是借了抛绣球的壳，遂了长相厮守的愿。

见父亲悔婚，不认这桩亲事，王宝钏的拧脾气一下就上来了。父亲往日的好都没了，变成了势利凉薄、嫌贫爱富的老封建，为了几个钱，千方百计破坏女儿的大好姻缘。王丞相一把鼻涕一把泪："为父的嫌贫爱富，为的是你啊！"

三小姐宝钏坚持非君不嫁，王允怕宝贝女儿受苦，死活不同意，两父女一个钉子一个眼地互呛。直到最后，两个人赶着堂前三击掌，断绝了父女关系，老死不相往来。

古人对誓约是很认真的。当情绪平复之后，王允懊悔自己过了火，不过，一切都来不及了。宝钏携夫婿薛平贵，离开丞相府，搬进长安西南的寒窑。相府千金洗净铅华，荆钗布裙走进了另一段人生。

成婚不久，薛平贵就被征召入伍，投入到大唐和西凉的战事中。

有人说，是王允余怒未消，给薛平贵使的绊子，挖了个陷阱，

让他战死，逼女儿就范。私底下觉得不太可能。王允贵为丞相，犯不着为薛平贵这么个小角色弄权、耍手段。更重要的是，王允确实是打心眼里疼爱宝钏这个幺女，所有作为都为了让女儿过得好，以后能回到自己身边。既然女儿不认老爹，不认亲娘，坚持和这个男人走人生路，做父亲的，只有竭尽所能，为女婿铺路搭桥，只有他建功立业，才能给宝贝女儿更好的生活。而薛平贵这人，力能扛鼎，是个有力气没脑子的单线处理器，只有在战场上才能人尽其才。

这是老父亲对女儿最深沉的疼爱，为女儿深谋远虑，断不是我们猜想的那样，痛下杀手，先让女儿做寡妇，再逼女儿改嫁。王允老丞相真是用心良苦啊。

可怜不只是我们不懂，连宝钏自己也不曾明白。别怪她，当局者迷。

薛平贵走后，这两口之家就没有了经济来源。他临走前交代宝钏，如果过不下去了，就回去娘家，就忘了他，在家里，至少不会有食不果腹那般苦。

王宝钏钻了牛角尖，认定父亲看低了自己和夫婿，暗下决心就是冻死饿死，也不再攀王家这高枝儿。于是轻描淡写地糊弄过去了："你别担心，我总有办法活下去，等到你回来的！"

这一等，就等了18年！

1年无所依傍的生活，就足以让一个女子，变得自立，变得坚强。也许，从你身边走过的，说话、走路一阵风似的女人，几个月前，还是根缠树的藤，不需要有自己的想法，不考虑生活的琐碎。环境改变了她，她也改变了对环境的看法，有时候，她还是想找个很Man的男人，让她可以撒撒娇，结果发现，自己原来才是最Man的。

18年了！时间像一把刻刀，改变了模样，也改变了心境。

寒窑，西安市南郊曲江畔，与大雁塔、大唐芙蓉园隔水相望。往日的骄矜和今日的孤苦，眼前的繁华和心底的荒芜，一个新嫁娘，合该怎样的苦守，还有如何的坚持。

日子总是要过下去的。王宝钏不愿意计算自己在寒窑里住了多少年月，反正月缺月圆，轮换多少次也记不清了。她心如止水，淡淡地过着，淡淡地生活，耐心地等待那个人。天长日久，她的骄傲，她的归属感，就像被架空的楼阁，一而再再而三地被抽掉了柱子，濒临坍塌。心里的思念和寂寞，化成一道血色的喷泉，拍打着宝钏的心。她恨老父亲，不守诺言，活活拆散一对有情人；她恨母亲袖手旁观，表面说最爱她，却和父亲一样浅薄；她恨姐姐、姐夫，为虎作伥，逼自己的丈夫上战场。

好日子谁不想，只是这个世界，这些人都不让她幸福。

王宝钏一边吃着粗食，穿着破衣，任由悲苦和怨气在心中发酵、膨胀；一边逢人便讲自己的伤心事和悲惨遭遇，找几颗温暖的心，呆着。渐渐地，这些廉价的关怀也没有了，而心魔疯狂作祟，死死缠住了王宝钏，她陷入了无法自控的长久的折磨中。

终于有一天，母亲陈氏来了。母亲并不是一个人，她代表了整个家庭的春光。

王允夫妇听闻了女儿的境况，相拥而泣。父亲知道女儿的拧脾气，说了就要一做到底，断断不会主动回家的。无论如何，叛逆也好，执拗也好，都是自己的女儿，只有自己最疼。于是老两口商量，就由母亲来做这个下驴的坡，母女连心，体己话都只能说给妈妈；再说，女人嘛，就是心肠软，也不至于没有回头路。此次，最好是能劝说女儿回丞相府，过去的事儿，既往不咎，找回女儿，认下女婿，双喜临门；再不济，带些油盐米面和生活用品，十指不沾阳春水的千金小姐，如何能够吃糠咽菜，过那样非人的生活。

母女俩抱在一起，放声大哭。多年不见，都在打量彼此的变化，母亲老多了，女儿变得沧桑了。宝钏异常平静地称自己生活近20年的家为“丞相府”，称自己的老父为“王丞相”。早年无忧无虑的三小姐，再也找不到了，而今充斥的怨恨，逼得人脊背发凉。

母亲深情地呼唤迷途的女儿回家，骨肉亲情，血浓于水。宝钏凄凄切切地诉说别后对母亲的思念，回忆着少女时期的美好生活，可就是不答应母亲回家的请求。在她的心里，自从“三击掌”后，这寒窑才是她的家，远在西凉的薛平贵才是她的家人。纵使一日，薛平贵不再回来了，她也不愿意再回那个雕梁的地狱了。曾经她也很眷恋，希望能够得到认可和祝福，但是如今她“宁为玉碎，不为瓦全”，和那些无情的人划清界限，也是他们咎由自取，只能当这个幺女、这个小妹，从来没有出现过。

母亲无奈，将带来的东西交给宝钏。宝钏瞟了瞟，眉头紧蹙，撇了撇嘴，满是不屑和延误。这些满是铜臭的好东西和破败的寒窑是如何地不协调。在宝钏看来，这些东西，都被这些年她思念和痛苦的泪水浸透了。她一如既往地拒绝，拒绝的不只是柴米油盐、衣衫裙褂，还有一个年过半百的母亲疼爱女儿的心啊。

母亲哭了，噙着泪，不住地往下掉。陈氏是个坚强明睿的女人，操持整个相府，里里外外多少事情，都没有犯过难。为了这个不懂做娘心情的冤孽，她难过、她自责，悔不当初。她遣走了门外的仆从，说要在寒窑内陪伴宝钏。这是釜底抽薪的计谋，也是对女儿心底最柔软的地方，做最后的试探。如果宝钏还是坚持，陈氏真是不知道，该要怎么劝说这个碎女子。

宝钏呆住了。这个窑洞冬冷夏热，根本不适合老人家居住。母亲坚持说，女儿能住，一住还好些年，自己也能住下来。宝钏虽说偏执，但孝顺，她断不会让母亲也来受这个罪的。她假意答应了母亲，骗母亲出门之后，将门反锁。

母女俩，一个门外，一个门内，泪如雨下。宝钏向母亲叙述了这些年生活的不容易，母亲也跟宝钏讲了父母亲对她的思念和妥协，管他什么门第，管他什么击掌盟誓，只求女儿能在身边，承欢膝下。

宝钏的心结渐渐打开了。这些年，她确实是恨错了人，母亲的让步是爱，父亲的强硬何尝不是爱呢？做父母的，都希望儿女幸福而已。这些年，她的苦也是与人无尤，都是她自己造成的。她认为自己是受害者，活在自己的受伤天堂里，自怜让她舒服，却也失去了平和与快乐。这些年，她的煎熬，也都是错的，让自己生活得更悲惨，也只是和爱她的人置气……

宝钏的心里从未有过的敞亮。住在这里，她可以等薛平贵，也可以不等任何人。她用力地生活着，但是只是为自己，这样才愉快、轻松。她告诉母亲，她适应她现在的生活，并不觉得是苦，如果想她了，可以来看她。母亲一步三回头，依依不舍地走了。

以后的日子，王宝钏的生活，宁静依然，清贫依然，然而她的自我和温情，渐渐复苏。母亲隔三差五就来陪宝钏说话，邻居也和她交好，她教孩子们读书认字，邻居们帮她修窑送柴，这样的生活让她甘之如饴。

薛平贵呢？是啊，薛平贵呢！

难道就不思念宝钏，那个为了他与家庭决裂的妻子？开始应该是想的吧，新婚燕尔就分开了，怎能不想呢？军人，把性命系在腰间，没日没夜地在刀口上舔血，须得打起十二分精神，渐渐思念也就没有那么浓烈了。一旦习惯了她不在身边的不习惯，距离就产生了疏远；再说了，他们新婚分别，习惯恐怕都还来不及培育。

况且薛平贵也另有奇缘了。薛平贵与西凉的代战公主，阵前一场恶战。代战公主倾慕薛平贵的武艺和人品，薛平贵被俘后，被招为西凉驸马，后来还成了西凉国王。温柔富贵乡里待着，如何想得起为他做了巨大牺牲的结发妻子王宝钏呢？

对于王宝钏的存在，代战公主应该是知晓的，女人在这方面第六感超准。否则不会在薛平贵突然想起王宝钏，骑白马过三关，回中原寻人的时候，一直尾随在后。她要见这个苦守18年的女人，究竟出于什么心态，同情或者是炫耀，不清楚。不过目的并不单纯，否则不会点起了西凉举国的骑兵。

薛平贵究竟是良心发现，还是狼子野心，这也不好说。只知道他在武家坡见到红颜老去的王宝钏时，他并没有直接相认，而起了小人之心。他百般调戏王宝钏，试探这个分别十数载的女人，是否对自己忠贞如一。

人的思维很奇妙，常常将自己的想法映射到对事物的判断中。就像没有安全感的人，总是觉得世界充满了背叛、欺骗和伤害。

薛平贵此时已经是西凉王，天庭饱满、地阁方圆，岂是当年的小叫花般的模样，王宝钏认不出来也正常。他自称是薛平贵之友，用了许多情话，挑逗王宝钏。想来代战公主也是个情趣之人，能将薛平贵这么根木头，调教得油腔滑调，满嘴跑马。王宝钏义正词严，对薛平贵一通大骂。薛平贵心里平衡了，道明身份，和王宝钏相认。

王宝钏是脑子进水了吗？这么不齿的一个人，怎么还能接受。入赘18年，想来当日的英气已荡然无存了吧，不论纨绔习气还是帝王之气，都不是当年的“气”了。更何况还有一个占主导地位的妻房代战公主。此时的王宝钏，年华老去，没有政治靠山，而薛平贵的爱，至少被一分为二了。在这样的家庭中，王宝钏，对爱情这么坚持的女人，如何自处？

在感情里，舍不得的，也许不是那个人，而是自己投入的那些时间和感情以及沉醉于感情的感觉。而分手是有机会成本的。王宝钏已经徐娘半老，这样的代价，她承受不起。

毕竟，他还是回来，虽然，来得太迟了，太迟了；毕竟，他还

是回来找她了，虽然，身边还有一个新欢。

王允听说薛平贵回来了，也很高兴，女儿的苦日子总算熬到头了；转头又听说薛平贵成了西凉国王，还娶了西凉的公主，忧从中来。他是在朝堂中摸爬滚打里起来的，宫闱的倾轧见得多了，宝钏一定不会喜欢那样的。借他的寿辰，他邀请女儿、女婿回家庆祝，想给薛平贵敲个警钟，要他善待自己的女儿。

薛平贵一来，气焰逼人，果然是做了国王，气象大不同。他和岳父王允、大姐夫魏虎算起了旧账，当日如何逼他上战场，如何断他粮草，如何陷他于阵前，一副冷笑的神色："想不到吧，我今日的富贵和气派，都是拜你们所赐啊。"他那神色，十足的小人得志，让见惯世面的王允都有些见不惯。看在女儿的幸福上，王允没有做声，只是淡淡叮嘱两口子要相互扶持，过好幸福日子。

谁知，螳螂捕蝉，黄雀在后，这边王宝钏和薛平贵刚刚团聚，那边代战公主带着西凉骑兵，将大唐王朝弄得个人仰马翻，将夫君薛平贵拱上了王位。

王允，作为当朝丞相，首当其冲，成了阶下囚。宝钏拼了命地求薛平贵和代战公主，终于给父母亲求得了平安。

王宝钏做了正宫娘娘，手持龙凤宝剑，和薛平贵、代战公主共掌天下。18日后，在朝阳院病死。

薛平贵一定认为，他对王宝钏仁至义尽了。王权是代战公主家的王权，他还力排众议，将发妻封为正宫娘娘。他一定对代战公主感恩戴德，她能和王宝钏和平共处，互相谦让，甚至容许王宝钏的地位超过自己。

王宝钏的谦让，是真心的自卑。她深知薛平贵是依附代战公主，才有今日的权势，她不过是附属品的附属品。而她芳华已逝，薛平贵的心，她能有的不到一半，丝毫没有竞争优势。她自卑，她也自知。

而代战公主的让贤，有几分真情；王宝钏的猝死，是油尽灯枯，还是宫闱争斗，就很值得推敲了。西凉民风彪悍，代战公主骄纵惯了，卧榻之侧岂容他人鼾睡？她怎么愿意和别的女人分享丈夫，而且是个朱颜不再的老女人；更何况，公主的婚姻都是速成的，看上迅速指婚，她也不认同王宝钏苦守18年的价值。

十八年，将尖锐的王宝钏，磨得平和；将平庸的薛平贵，变得锋利。上帝之手，扭转时光，改变了一切，也改变了我们。

十八年，换十八天，值得吗？

如果再回到从前，宝钏的绣球依旧抛给了穷小子薛平贵，但她会为了这个男人，伤透老爹老娘的心吗？如果再回到从前，宝钏选择了爱情，抛弃了家庭，但她会为了这个男人，辜负人生回不去的十八年吗？会因为生活的黯淡无光，放弃追逐生命的阳光吗？

如果所有一切重演，宝钏看穿了有心的调戏，但她会为了这个男人，再次走进情感的黑洞吗？会因为不愿意、不舍得分开，接受娥皇女英的安排吗？如果所有一切重演，宝钏等到了薛平贵衣锦而归，但她只能守着正宫名分，无望地活过了生命最后的十八天吗？

一个内心强大的女子，敢于坚持正确的，放弃错误的，忘记遗憾的。

一个女人，因为无所不能而被人需要，因为够坚强能承担而被放弃，那么只剩下自己勇敢了，因为没人替你坚强。

所幸，还有一盏灯，永远为你亮着……

一别之后，红粉成灰
——昔日青青今在否

章台柳，章台柳！昔日青青今在否？
纵使长条似旧垂，亦应攀折他人手。

——唐　韩翃·《章台柳》

儿时正式学古诗，第一首就是贺知章的《咏柳》：

“碧玉妆成一树高，万条垂下绿丝绦。不知细叶谁裁出，二月春风似剪刀。”

小小的册子，左边古诗配白描，右边作者简介加字词解析，简单明了，印象深刻。这首诗下面，工笔的柳树，白底黑线，柳条软软的拂起来，就像春风不小心舔开了少女的裙裾，柔情而明媚，让人忘不了。此后，对柳总是特别上心，渐渐也就生出了比较。可惜去过的地方不多，只觉得两个地方的柳树，特别有韵致，一个是大唐芙蓉园，另一个是杭州西湖。

先说西湖柳吧，西湖之美，美在淡妆浓抹总相宜，这淡妆，还是浓抹，点睛之笔就在这“柳”上。西湖十景中，以柳入景的就有三处，苏堤春晓、柳浪闻莺和六桥烟柳，西湖柳，风情万种，渐欲迷眼。只要西湖柳不败，让西湖再美两千年，绝对不是梦想。

而关中则不同。大唐芙蓉园和柳树，就好像一个执铁板唱“大江东去”的关西大汉身边，站着一位十七八的女孩儿，执红牙拍板，哼着“杨柳岸，晓风残月”。因为雄浑，所以清脆；因为阳刚，所以柔美。柳树新绿，芙蓉湖面风过，纤枝轻扬，一派如烟似水的柔媚。如此，不羡江南，只愿回望大唐，盛世荣华。

唐朝，还真有诗人与柳结缘，因为柳，俘虏爱情；因为柳，收获前程功名。大历十大才子之一韩翃，并不大出名。常在想，唐朝有李白、杜甫就够了，高山仰止，许多的其他人在万丈荣光下，黯然失色；转念又觉得这样不好，那万言唐诗，就只剩下飘逸和苍凉，没有了更多的风情，不足以描摹大唐帝国之万千盛象。

走过贞观，走过开元，经历安史之乱的荼毒，王朝由盛转衰，江河日下。此时的诗歌，也没有盛世的恢弘大气，多了些凄厉、哀婉，忧国忧民，借古讽今风行。韩翃便是这之间的佼佼者。不知道像极了当时的政权，还是像极了他自己，韩翃总是对柳情有独钟，流传下来的诗，大都关于柳，“鸣鞭晓出章台路，叶叶春衣杨柳风”，还有“春城无处不飞花，寒食东风御柳斜。日暮汉宫传蜡烛，轻烟散入五侯家”等。有印象了吧，就是这个韩翃，凭着诗歌的魅力，成为大历十大才子中历任官职最高也最多传奇色彩的一位。

德宗年间，朝廷缺少一位制诰，即是为皇帝、各中枢衙门草拟诏书的书记。中书省几次推荐，皇帝都不满意，最后钦点了“韩翃”。妙就妙在，当时官僚系统里面，有两个韩翃，一个是江淮刺史韩翃，另一个是诗人韩翃。中书省臣僚懵了，揣测不了圣意，只能问皇上，到底想用哪个韩翃。于是，见证奇迹的时刻到了，唐德宗拿起朱笔，复批奏本：“春城无处不飞花，寒食东风御柳斜。”大臣们一看，皇上原来属意于诗人韩翃啊！于是，韩翃入朝，从制诰起，一路奋斗，历任中书舍人，官至驾部郎中。

韩翃和妻子柳氏，也是因柳结缘，几度乱离，终因柳再度携手，成其一段佳话。

每段才子佳人的传说背后，都有一个玉成好事的君子。韩翃和李宏识于微时，当时韩翃虽小有诗名，但一贫如洗，幸得李宏的接济。李宏是个富商，好风雅，家中蓄养了三十六位绝色姬妾，莺歌燕舞，抚琴赋诗，何其美哉。

柳氏，艳压群芳，又能文善舞，颇得李宏的偏宠。

春意渐浓，软风迎送花香，吹皱一池春水，也吹动了少妇的春心。柳氏禁不住撩拨，在府院后庭闲逛。杨柳殷勤地舒展着，扫过脸颊，酥酥麻麻的，就像情人的抚摸，身动，心动。柳氏褪去夹袄，着薄薄的春衫，在柳荫中翩然起舞。纤柔的玉人儿和柳条儿，翩跹翻飞，碧玺般的湖面，丝绸般的天空，好一幅与“落霞与孤鹜

齐飞，秋水共长天一色”媲美的妙景。

不远处，一个瘦削的男子，看呆了：能得如此美眷，夫复何求？他就是落魄才子韩翃。他深感李宏的恩惠，朋友妻不可戏，一切都止于春日下的欣赏。

然，柳氏动了心。葱绿灌木，儒雅儿郎，忧伤而诗化的气质，让柳氏沉醉，她故意舞得更加娇娆，惹他来问。他眼角一抹惊艳，又敛住了，沉默走开。

彼此之间起了反应，就无怪“一种相思，两地闲愁”了。真性情的人，总不擅长掩饰情感，尤其是动了感情的美女，心里想着他，眼睛在他身上，人总围着他转，明眼人都看得真切。

李宏没有吃飞醋，动肝火，而选择了放弃，将韩、柳两人的手交叠在一起。

一个人的成全，好过三个人的纠结。如能成全，不是大爱，则是不够爱。爱是拥有，是有她在身边，给她幸福，看她笑靥如花。而喜欢，就像身边漂亮的配饰和摆设，乐于与人分享。李宏拿出了三十万钱，资助这场风花雪月的情事。

柳氏是个聪明人，青春饭并不容易吃，色衰爱弛、始乱终弃也是常事儿。在李府孤独终老，并非柳氏所愿。当世间女子追逐李宏这样的“绩优男”时，柳氏看到了韩翃这个“蓝筹”。她知道，这人虽一文不名，却满腹锦绣，绝非池中之物。钻石男有太多的选择，琼浆也不见得是美味，他也可能选择不喝。“渔”胜于“鱼”，柳氏明白。

柳氏不仅是美娇娘，郎抚琴，妾对舞，给韩翃寂寞的书斋生活，增添了香艳色彩。她也是贤内助，疲累懈怠时，为夫君细细疏导小情绪；激昂奋进时，陪爱郎挑灯夜读，红袖添香。似水流年容易过，大比之年，韩翃一举折桂。

就这样，老天公平地给一些人金汤匙，教另一些人炼金术。柳氏凭着清醒的自我认知，良好的过程控制，将落魄士子韩翃打造成“钻石男”。他们未来的幸福生活指日可待。

好事多磨。韩翃还没正式涉足宦海，安史之乱爆发了。这场祸事，牵连到了当时的每一个人，碎了许多人的迷梦，误了韩翃入朝的信期。

淄青节度使侯希逸，赏慕韩翃的才华，向他抛出了橄榄枝。韩翃痴迷柳氏深情，顾念爱妻安危，行程一推再推。韩翃投入侯希逸麾下，跟着军队颠沛流离，又是工作需要，同往肯定是不合适的；而今，战火弥漫，到处兵荒马乱，这么一个女子，绝色女子，该何处藏身，何处求得安宁。如之奈何？

柳氏爱韩翃，深知时间和爱情的牵绊，终会毁掉他，这是她不能容忍的。柳氏劝韩翃，迷恋片刻的欢愉，放弃大展宏图的机遇，不清醒；惜一人之情长，弃个人前程和家族名望于不顾，不理智。另一边，柳氏筹备钱银米粮，做战时准备，让韩翃没有后顾之忧。

一个人的生活，总是特别艰难。柳氏知道自己的美貌，终成祸害，绞乱青丝，弄污朱颜，栖身于千年古刹——法灵寺。法灵寺背靠南山，山林叠翠，一派天成的宁静，法身座座，给乱离人现世的庇佑。柳氏白日辛勤劳作，换以温饱，晚上诵经念佛，为夫君祈祷。皮囊虽忍着苦楚，但洗尽铅华，魂灵得到了长久的平静。她许他平安，等他归来。

待到郭子仪收复长安、洛阳，韩翃派随行小厮，从小道潜回来，秘密寻找柳氏，除了带来些碎金片，还有一首诗：

“章台柳，章台柳！昔日青青今在否？纵使条条似旧垂，亦应攀折他人手。”

韩翃一面追忆往昔恩爱，一面狠心伤着她。

章台，是古代楚国的离宫。战国时期，秦国也有宫殿，名唤“章台”。到了汉朝，就成了街名，沿用至唐时，成了和平康里齐名的歌伎聚集之所。柳氏想起了坊间流传的曲子词：“莫攀我，莫攀我，攀我心太偏。我是曲江池边柳，这人折了那人攀，恩爱一时间。”或者男人看来，女子就是望秋而落的蒲柳，朝秦而暮楚。也许韩翃不自信吧，乱世人命如草芥，更何况爱情？饥不能食，寒不能衣，不相信柳氏端着生活的破碗，还能坚守爱情的高贵。

柳氏偷偷逝去泪痕，复诗一首：“杨柳枝，芳菲节，所恨年年赠离别。一叶随风忽报秋，纵使君来岂堪折！”所谓的爱情，经不起打磨，终成伤痕，怀疑或者解释，都不过自欺欺人罢了。柳氏在诗里，反复强调了自己的贞洁，自己在等待，清心寡欲地等着。不知，韩翃收到这阕答诗时，更多的是窃喜，还是羞愧？

求之不得，弃之不舍，得之不惜，应该是世人最大的悲哀吧。柳氏一瓣心香，寄向明月，等待情郎的归期。然而，是银子总会花光的，柳氏终于走到了生活的死角。

回鹘借兵平乱，一员番将沙吒利，立了不世之功。天子赐宅第，封食邑，恩宠殊异，并许其永居长安。沙吒利虽是少数民族，却有爱美之心，行猎艳之行。沙吒利素知柳氏国色，将其抢入府中，专房专宠，珍之爱之。柳氏终还是应了韩翃的预言，委身他人。

韩翃追随右仆射侯希逸回京述职，去法灵寺接柳氏回家时，玉人早已不知去处。韩翃到处打听，一无所获，悲凉凄苦之余慢慢殊死了心。

韩翃在长安大街上闲逛，心绪沉重。想那柳氏，不知在何处自生自灭，还是真如当年所言，在别家宅院安享荣华。一辆华丽的马车在面前走过，车中有人问道，可是韩翃韩公子？这声音脆如珠贝，仿佛穿越而来，韩翃心下大喜，是她！转头一想，怎么会是她？前番踏破铁鞋，遍寻不获，如此在街上邂逅，得来不费工夫，可不太巧了吗？

车在面前停住了，一个青衣侍女款款下车，悄悄告诉韩翃，车里是旧人柳氏，将柳氏走投无路，被逼再嫁沙吒利的事儿，仔仔细细和他说了一遍，并唤他明日天明到道政里门口相见。

次日凌晨，韩翃依约前往。可柳氏连面儿都没露，只是将一盒香膏，用素绢包好，从车内抛到韩翃手里，念道：与君诀别，万勿相忘。轻轻挥一挥衣袖，车辚辚，马萧萧，绝尘而去。不曾想，未见一面又成永别，韩翃站在原处，目断意迷。一想到过去的种种，哀伤成一道划痕，止不住地伤悲。车里远去的妇人，何尝不是泪如雨下？当爱已成往事，就让他静静地离开吧。痴缠不放，不过

惹人嫌恶罢了。相见何如怀念，自己已成残花败柳，那些年错过的爱情，就存留在他那儿吧。各过各的日子，老死不相往来，不碰那弦，就奏不出心痛的音儿。

自那以后，韩翃茶不思饭不想。正值侯希逸麾下诸将小聚，见韩翃终日落落寡欢，派下人请韩翃前来小酌。韩翃依旧一副苦相，酒入愁肠，点成泪，听到的，也都是凄咽声，与同僚们的欢喜气氛，总不是一搭。副将许俊，与韩翃交好，勇猛无匹，就看不得他那一副“感时花溅泪，恨别鸟惊心”的样儿，提着剑就上来，说：“哥哥，何事至于这样，告诉兄弟，大伙一块儿想法子嘛。”追问得紧，韩翃无奈将柳下惊艳—幸得成全—别妻赴任—章台柳对话—委身沙吒利的全过程，分享给大家听。许俊二话不说就准备出发，去讨要柳氏，临行前还向韩翃要了墨宝作信物。在座都不知许俊葫芦里卖的什么药，将信将疑。

许俊换了身胡人衣装，腰上佩双弓双箭，骑马在沙吒利的府邸外候着。沙吒利果然出门，等他走了一段时间后，许俊敞开衣襟，骑快马，径直闯过沙吒利府第门禁，一边奔跑一边大呼：“不好了，不好了，将军在途中突发急病，派我来接夫人。”全府上下没有人敢拦阻。许俊闯入内庭，柳氏看了韩翃的手札，和许俊绝尘而去。

这出援救柳氏的戏，和《西游记》中朱紫国的一幕何其相似！麒麟山赛太岁，垂涎朱紫国王后金圣宫娘娘的美色，掳走了娘娘。国王相思成疾，一病不起，幸得唐僧师徒搭救。悟空以玉笛为信物，深入妖怪巢穴，盗取紫金铃，救回了金圣宫娘娘。唯一的不同，娘娘有张紫阳的宝衣，护住清白，在麒麟山，她就是玫瑰花，好看但有刺。

柳氏则不同，一别之后，红粉成灰，时间和境遇改变了彼此太多太多。唯一确定的是，她对韩翃念念不忘，有时候，是否也迷醉于沙吒利的深情和专宠，不得而知。

韩翃与柳氏，经年后，再度重逢，徒生了许多的感慨。流光容易抛，可怜两人都已经不再年轻。万语千言都卡在了喉头，谁都不愿意先开口，仿佛一说话，就破坏了久别重逢的气氛似的。两个人执手相看，两行清泪，爬过面颊，滴在了彼此的手上，晕开，化作心莲一朵。失而复得的佳人，从天而降的奇遇，四座叹为观止。

当时沙吒利恩宠非常，竟被人擅闯府第，劫走了爱姬，如何肯善罢甘休。可以预见，韩翃、柳氏和许俊等，过后的日子，恐怕都不得安宁。他们结伴拜访右仆射侯希逸，将事情的来龙去脉据实以告，希望能得到支持和荫庇。侯希逸感念韩翃和柳氏一波三折，重逢得来不易；另一方面钦佩许俊有勇有谋，敢冒天下之大不韪。自己一生都难以办到的事情，他出奇招，如此轻易就达成了。于是上表奏请皇帝，先狠夸了韩翃、柳氏情比金坚，矢志不渝，然后指责沙吒利仗势弄权，横刀夺爱，最后自罚没有约束好属下，任由许俊逾矩，冲撞了将军。可谓有情有据，字字泣泪。也许皇上也忌惮番邦势力吧，以圣旨的形式，确定了韩翃和柳氏在一起的合法性，为了安抚沙吒利，赏钱两百万，此事就这样了结了。

从此，才子和佳人长相厮守，柳氏终于还是等到了。多年的执念，终究没有辜负。

希望李宏是真的义薄云天，而不是抱着吕不韦的心态，奇货可居，长线投资。否则，又少了个玉成他人的雅士，多了个无耻的政商。李宏和韩翃，一直保持交心，也没有迹象表明，他从韩翃的仕宦生涯里，得到不相匹配的利益。请原谅，多心了！

而仅有一面之交的许俊，愿为“成全”二字以身犯险，从敌人腹地取走珠玉。让许多标榜“感情至上”的男子，静静地退为背景。

如果没有《柳氏传》，谁还能知道，曾有过一个温存而执著的女子。

春日，男子惊鸿一瞥，那女子，便投身于陌生的诗意，耗尽了半生等待。刻在心头的爱情，仿佛只是这一抹青色的惦念，幻化为不褪色的绿意。爱的本质，一如既往。无法选择，所以离散；无法反抗，所以失守。因着那一份执著于心的钟情，岁月的侵袭，只为成全最终的厮守。

然而，从才子佳人的故事抽离，对柳氏没有羡慕，更多的是扼腕叹息。醉人的疼痛，美丽的忧伤，还有那绵长的等待，换来的不过是敷衍的结局。对于大多数男子而言，即使明若桃李的女子，也不过是世间杂事中的一件，少有真真放诸心上的。

在以后的岁月里，柳氏是翻然悔悟，所有的乱离、伤痛和黑夜，都不过是一相情愿。男子的爱情，失而复得，只是鸡肋，食之无味，弃之可惜；还是执迷不悔。只因女子不愿失去爱情，裂帛般的人生，才能成就爱的蓄意入境。

轻别离，可惜，一别之后，红粉成灰；再相逢，叹息，流光易抛，朱颜已改。

于是，我们再也回不去了……

佛曰：生亦何欢，死亦何苦

——曾经沧海难为水，除却巫山不是云

曾经沧海难为水，除却巫山不是云。
取次花丛懒回顾，半缘修道半缘君。

——唐　元稹·《离思》

天哪，这些男的都怎么了。

写下感天动地的爱情诗篇的，最后都再娶了。元稹怀念韦丛，写下了“惟将终夜长开眼，报答平生未展眉”。一年之后娶妾安仙嫔，续弦裴淑，明花暗柳无数。苏轼爱亡妻王弗，泣出“十年生死两茫茫，不思量，自难忘”，不久又娶了冯蘅、王朝云，也惹了一身桃花债。

而但凡自我标榜的，想来对爱情比较随便。人只有缺乏某样东西，才会通过各种方式显摆，恩爱一秀就成了包袱。杜牧前台指责息妫不如绿珠忠贞可表，扔下笔照样眠花卧柳，赢得青楼薄幸名。查尔斯王储一边扮演着受害者，对戴安娜出轨痛心谴责，一边却积极将卡米拉迎进白金汉宫。并有爆料，查尔斯与卡米拉私恋多年，这夜幕下的爱情是导致戴妃出事儿的主要原因……读圣贤书，执君子行，这些伪善面具下，人心何其险恶。

还有些男子，中年甚至是青年丧妻后，终其一生，不复再娶。这些痴情人，一生都靠回忆支撑，任你多么国色的女子，也进不去那冰封的心。

东邪黄药师，青袍玉箫客，总是站在桃花岛上，面朝大海吹《碧海潮生曲》，思念妻子冯蘅。冯蘅风华绝代，有过目不忘的本事，帮助丈夫默下了《九阴真经》，心力交瘁，难产而死，遗下了一个刁钻古怪的女儿，一册博大精深的武功典籍。每当暮色深沉的时候，黄药师常常去看冯蘅，和她讲桃花岛上琐事，仿佛一直都没有离开：

“他点燃烛火，静静坐在阿蘅的画像前，低声诉说自己和女儿的琐细生活。桃花是怎样开满枝丫，蓉儿是怎样调皮不听话，老顽童怎样出言不逊以至于被自己囚禁在岛上的山洞里，而我，很思念你。微笑，叹息。

天已微明，梦已远去。他嘴角浮一个苦笑，挥手向阿蘅道别，形单影只地离开墓穴。他穿过清冷晨光里妖娆的桃花，默默向海边走去。他心里或许在回忆着，哪个八卦方位的桃花是与阿蘅一起栽植的。

大海暗蓝，一望无际。他站在海边巨大的岩石上吹箫，姿势寂寞而孤傲，直吹到风起云涌，碧海潮生。”

更有意思的，这些男子的后代，一般都是女儿，生得和亡母八九成相似。看着女儿渐渐长成，就仿佛爱人从未离开，就像，黄蓉之于黄药师，不悔之于杨逍。他们生命的全部意义，在于把自己对爱人的全部亏欠还给女儿，给她更好的生活，让她幸福、快乐。

所以黄药师为黄蓉破了“励志伴妻，永世不离桃花岛”的誓言，听说黄蓉葬身大海之后，他纵声大哭，一把折断了一直伴随左右的玉箫；所以杨逍不愿意不悔和殷梨亭在一起，横挑鼻子竖挑眼。这个所谓的正派人士，吸引不了纪晓芙，也配不上他玲珑剔透的女儿。

在开放的、充满激情的盛唐时代，如果有一位朝廷大员，30岁丧妻，不论主观，还是客观，都会有很多的女子投怀送抱，续弦纳妾都是很正常的。即使到了今日，这也是人之大欲，无可厚非。

在唐史中有一小段文字是这样的：“妻亡不再娶，三十年孤居一室，屏绝尘累。”男婚女嫁，闺阁之事，难入史学家的眼，除非是对国家有重大影响的，比如公主和亲、政治联姻等，一向讳莫如深。翻遍唐史，这是唯一一段对当时人婚姻状况的记录。

他就是王维——“诗佛”，与“诗仙”李白、“诗圣”杜甫齐名的唐朝诗人。王维生前，当代人就称之为“当代诗匠，又精禅理”，死后，更得了“诗佛”的雅名。仕途相对平顺，官至尚书右丞。

正当盛年，妻子身故，王维孑然一身，和母亲、女儿相扶，走过人生后半段。是一往情深，心中的她无人可以取代；还是有别的什么东西，填满了他的心扉，即使没有男欢女爱，也能让他满足、充实？

有人说，每一个有情人，都有慧根。执念于痴情、遗憾、不舍、孤寂，终能开悟。

王维，是遵守与妻子崔氏的白头之约，还是惬怀于佛陀的精神庇护？

新生孩儿的取名，寄托了父母的无尽期望，所以女孩常用“静”“敏”“娟”“雅”，男孩惯用“刚”“强”“超”“正”等，都是一些美好的意向。而成年后的“字”或“号”，都是这个人对自我人生的感悟和规划，如杜甫的“少陵野老”，白居易的“乐天居士”等。

黄药师，其名来自于东方琉璃世界的教主，药师如来，若诸有情，皆令满足，很符合黄药师“有情饮水饱”的个性。

当然，也还是有空顶着佛号却参不透佛理的“空门红尘子”，六世活佛仓央嘉措，白日金身加持，暗夜形骸放荡，一生纠结于佛的信仰和情的痴缠，终是竹篮打水一场空。

王维，字摩诘，名字合起来维摩诘，净名，没有染污之意，化用自大乘佛教的经典之一《维摩诘经》。维摩诘是一位大乘佛教居士，是著名的在家菩萨。他家财万贯，姬妾成群，享尽人间富贵，却又虔诚修行，善论佛法，得圣果，成大菩萨。

维摩诘提倡的“心净佛土净、在欲而行禅、处染而不染、无住而生心”的生活，是王维生活的蓝本。王维一生沉浮，一边追逐名利官位，一边寻觅心灵的洁净，很大程度上也是模仿着维摩诘。这个人，是王维的楷模。

说起王维与佛教的渊缘，因着两个对他恩重如山的女人，母亲和妻子，两个崔姓的女人。一个给了他佛心浸染的少年时代，一个逼着他从世俗，走向了佛的怀抱。

佛曰：生亦何欢，死亦何苦。很多人摇摇头，觉得消沉，都觉着活得没意思了，还得瑟个什么劲啊，有点曲解之嫌。这句话是大智慧、大通透，活着未尝可喜，死去未尝可悲，不贪恋现世荣华，追求心灵至高无上的平静。

曾经沧海难为水，多半修道少半君啊……

王维出身在虔诚的佛教徒家庭，母亲博陵县君崔氏，潜心礼佛，师从大照禅师三十余年。大照禅师为北禅宗神秀的大弟子，主张“渐修”。崔氏也一直清心寡欲，“褐衣蔬食，持戒安禅，乐住山林，志求寂静”。最初的佛心佛性的熏陶，王维兄弟，带着儿时的印记走向了社会。

王维十九岁离家，初试不中。他滞留长安，为科考找寻一些门路。他频繁出入岐王、宁王的宅邸，凭借非常的音乐造诣，王爷“待之如师友”，在上流社会的风花雪月里，寻找机会，安身立命。

在现在看来，贵为“诗佛”的王维，岂能跟戏子一般，在权贵夜宴间，抱着琵琶跑场演出呢？当时，初到长安，不过是一个科场受挫的毛头小子，没有摆谱的资本；所有的本事，不过都是会写点诗，玩玩音乐。而这些，正好是玄宗一家所喜爱的，王维如何能不抓着这根救命稻草，“好风凭借力，送我上青云”呢？

玄宗这一家子，挺有意思的。

说到皇族天家，一般想到的都是夺嫡争宠，骨肉相残，可玄宗这一脉，却是难得的父慈子孝、兄友弟恭。睿宗对妹妹太平公主，玄宗对兄长宁王、弟弟岐王以及九妹玉真公主，都如兄如父，真真切切地像一家人，串串门子，坐下来闲话家常，都是常有的。素知帝王家父子兄弟，关系十分微妙，像这般和谐的，确实少见。

而这家人，志趣相投，上到玄宗贵妃，下到亲王公主，都有极高的文艺天赋。上行下效，整个长安的上流社会，对于善解音律的王维，趋之若鹜。

王维精于音律，到什么程度呢？相传有人藏一幅乐伎奏乐图，很想知道画中人演奏的是什么乐曲。他拿着画去请教王维。王维仔细观察之后，根据乐伎手指在琴弦和音孔上的位置，告诉他，乐伎们演奏的是《霓裳羽衣曲》，而画面上正在演奏的是第三段第一拍。此人不以为然，召集乐伎模拟演奏，果然如王维所言。

岐王宅里，“妙年洁白，风姿郁美”王维，演奏了《郁轮袍》，声调哀怨，满座动容。此曲一出，在贵族间掀起了不小的飓风，连以阅人无数出名的玉真公主，也对其另眼相待。

毫无悬念，第二年，王维大魁天下，出任正五品的太乐丞，官阶不高，一来是兴趣所在，二来和权贵打交道，也做得心满意足。

皇族亲贵们，对王维的诗文、书画和音乐，极其推崇。加之王维的诗风清新亮丽，而诗歌中透出的那种“空”、“寂”、“闲”的境界，确实是文学史上的一股清流。王维擅长以禅语入诗、以禅趣入诗、以禅法入诗，极大地提升了诗歌的深度。诸如，“空山不见人，但闻人语响”，抑或是“行到水穷处，坐看云起时”，空灵之余，总有无尽的回味。

而这些韵致和意境，都得力于他的佛学感悟和母亲几十年的佛学浸润。怪不得，雍正爷特别推崇王维的诗，这些年轻时在刀光剑影中厮杀，继位后励精图治，光批奏章都有上百万字的勤勉君王，也只能在摩诘的诗画中，才能寻到须臾的静谧和平和。

在朝在野，王维文名盛极一时，被公认为开元、天宝时期的“文宗”。别看现在，唐诗就等于“李杜”。但在开元、天宝年间，王维却是最有名望的诗人，李白、杜甫远不及其项背。

此时的王维，结交的都是政权核心的文臣武将，他们的气魄和功业，影响了王维对人生的感悟和对自我的认识。他意气风发、自信满满，恨不能春风得意，看尽长安繁花。

春风得意的时候，佛陀总是不招喜的。此时的佛，只是王维诗文间的一种文化符号，只是王维与众不同的一种方式和筹码。

人生两大乐事，洞房花烛夜，金榜题名时。王维娶妻了！

妻子崔氏，也来自博陵崔氏，当时的世家大族，和母亲有亲缘关系。王维祖籍山西祁县，这里文人骚客辈出：作《滕王阁序》的初唐四杰之一王勃，晚唐温庭筠，花间词派创始人。明末小说家、史学家罗贯中也是祁县人。唐朝的祁县，是单纯的诗文之乡，直到近代才出现了乔致庸这样的大商。两人门当户对，对婚姻的满意度直上了一个台阶。

王维与妻子，青梅竹马，两小无猜。两人之间，是否存在过绚烂到荼蘼的爱情，不得而知。但十年婚姻生活，两人始终琴瑟和鸣。王维善弹琵琶，崔氏喜欢抚古筝，两人合奏，琵琶声飘扬，古筝相伴味更长。而且遭遇王维被迫害、遭贬谪，崔氏一直不离不弃，陪在身边。千古知音难觅，这样知冷、知热还知心的妻子，夫复何求。

更难得的是，自己属意的女子，也能得到母亲的欢心。

自古婆媳关系最难处，连七窍玲珑心的林妹妹，也都败在了这道坎儿。王夫人不喜欢黛玉母亲贾敏，迁怒黛玉，才杜撰了所谓的“金玉良缘”来对抗“木石前盟”，活生生毁掉了宝黛的爱情和希望。

因为娘舅的关系，王维母亲对这个崔氏女子也是相当满意的。当王维的事业小有起色的时候，便在母亲的操持下，完成了人生大事。崔氏勤俭持家，颇得婆婆真传。如何以夫君喜爱的方式与之相处，如何与丈夫维系一种既不窒息又不能挣脱的私密关系。

在这段婚姻关系中，王维如鱼得水，不仅没有坟墓之感，更感觉到了来自家庭的强有力的支持。不久，崔氏生了个女儿，王维视若掌上明珠。

在王维春风得意的时候，危险也正一步步靠近。

当大乐丞不到半年，为“伶人舞黄狮事件”所牵连，王维被贬到山东济州，做了个管仓库的小官。

明黄是皇家的御用色，伶人犯下的这个错，可大可小，大到可以谋逆之罪，抄家灭罪；小到当个糗事，一笑而过。估计是王维或者王维的上司，得罪了某权臣或者贵族，把这事儿上纲上线。对于这样的事儿，历来都是宁枉毋纵的。王维被牵连了进去。

有人猜测，是玉真公主与王维有私情，恼王维私下娶妻，给他使了个绊儿，希望他能服了软。如果两人真有情爱关系，倒也是有可能的。吃醋的女人，是很恐怖的，能造出生化武器来整治那男人。当然，这只是部分人的猜测。

王维在济州一待，就待了六年。这六年，虽说长安繁华落尽，本应心生荒芜，他却安之若素，依旧写诗、作画、弄弦、玄谈，乐在其中。

贬谪生活，却熬坏了崔氏的身体。济州冬日干旱，夏日洪涝，虽在隋朝的运河边上，此时也远不是什么富庶的宝地。崔氏本是豪门千金、万金小姐，如何受得了苦行僧的生活，加之生养女儿遭了大罪，身体一日不如一日。虽说和爱人相伴，心甘如饴，但身体却终是受不了。

王维开始在京城活动，希望能够尽快调回长安，别说升迁，平调也成啊，妻子也能在生之养之的关中平原，好好调养。

此次王维没有走宁王、岐王和玉真这条路，而是诗文自荐，希望得到丞相张九龄的赏识。一则，通过王公贵族举荐，有裙带之嫌，历来名声也都不太好。二来，他也不愿再做卖艺般的营生，自己虽无愧，却不得不考虑老母亲和妻女的看法。幸得张九龄也是识才爱才之人，王维重回庙堂。

可惜崔氏的病体，积重难返。延了三五年，终是香消玉殒了。那一年，王维才31岁。

对于结发之妻，王维很有感情。在他一无所有的日子里，她却给了他最好的年华，熬干了青春。他欲哭无泪，想起自己诗名满天下，却从未为妻子着墨半点儿。提起笔，滴滴清泪打湿纸笺。往事历历，却不知从何下笔；扔下笔，任泪水纵横，纸笺上，墨迹从笔尖晕开，像一朵沾满心血的莲，开得正艳……

妻子的过世，给了王维很深的打击。想来自己追逐的名利，却保护不了妻儿，还害得年轻妻子过早凋落。即使以后权倾天下，也无人与之共享。心中的歉疚多一点，对现实的失望就多一层，离佛的距离也就近了一点。

有着母亲的宽慰和女儿的陪伴，王维伤痛之心，渐渐释怀。不过也对世俗关闭了心门，除了孟浩然、裴迪等少数挚友，鲜与外界往来。

恩相张九龄朝中被排挤，后阴郁而终；李林甫擅权，王维进退维谷；千里奔徙，投奔凉州崔希逸。直到天宝后期，王维的官职，才开始稳中有升，任给事中。

一方面，王维对官场感到厌倦，为自身命运和国家前途感到担忧；另一方面，不死心也好，恋栈怀禄也罢，王维确实一直未曾离开官场。这段时间，王维并没有真正归隐，也没有完全陷入佛心佛境，只是他却再也扬不起激昂的情怀了。

王维在京城助养了十余位名僧，畅谈玄学佛理；下朝之后，拈一脉心香，沉浸在自我和佛陀的小世界里。他还在蓝田辋川山谷，买下了宋之问的别墅，过起了半官半隐的生活。“仁者乐山，智者乐水”，辋川溪涧环绕，幽谷奇香，确是修身养性的好地方。无论是府邸还是别业，都没有任何浮华之物，只有茶铛、药臼、经案、绳床而已。俨然是住家和尚的做派。

人生起伏，须得长袖善舞。这本是有才之人，不擅长也不愿为之的。王维一步步退守田园山林，一步步走向佛家禅理禅心，写诗作画，参禅论道，终于找到了艺术和人生的皈依。

生亦何欢，死亦何苦。30岁妻子身故，往后的30年，绯闻绝缘。没有续弦，甚至连当时官员盛行的蓄养家妓都没有。这样的男子，可算是绝世奇珍。

不是不爱美色，只是珠玉在前，世间纵有百媚千红，任谁也难入他眼。不是不求显达，只是官场波谲云诡，名利如过眼云烟，舍之可惜，求之不得。

佛中自有平常心情，佛中自有安宁环境，佛中自有万千景象，佛中自有光辉前程。

不如归去，半缘修道，半缘卿卿。于是，天地之间，多了一位富贵闲人，多了“诗佛”王维。

宠辱不惊，看庭前花开花落；去留无意，望天上云卷云舒……

我要的，不过疼爱而已

——慈母手中线，游子身上衣

慈母手中线，游子身上衣。
临行密密缝，意恐迟迟归。
谁言寸草心，报得三春晖！

——唐 孟郊·《游子吟》

刚开年，就看到一句有点悲情的话："爸爸，我向你借一天，陪我玩一次，长大后我会还你100天。"这是一个期望父母陪伴的孩子，无奈的哀求，无声的控诉。

无独有偶，想起前日看到一篇博文，说爸爸一定要陪孩子做50件事，包括约定独有的暗号、带孩子去了解你的工作环境、跟孩子kiss goodnight，冬天用大衣包着他出去闲逛等等。父亲深沉、内敛的关爱和母亲和风细雨般的照顾，都是孩子最珍贵的财富。

孩子的成长史，是父母的奋斗史。现今，越来越多的80后步入了新爸新妈的行列。而时下生活压力和年代数一样“噌噌”上涨。年轻父母，早出晚归，孩子扔给上了年纪的父母或者保姆。

为孩子创造好的物质生活，无可厚非。然而，财富追求无止境，何时才是尽头？但是，孩子却不会等，出生到入学，稚气到成熟，不过短短几年。太多的第一次，太多的惊喜，不容父母错过。父母缺席了孩子的成长，也就缺席了他的人生。

这就是中国式的父母之爱，这是一个困境。父母想把最好的东西给孩子，可这些，在孩子心里面都不算什么。对孩子来讲，爸爸妈妈对自己的关注，可比赚钱养家的功劳大得多。爸妈不知道孩子怎么长大的，孩子也没亲历父母一天天变老。

当孩子的烦恼和喜悦，都不再期待与父母分享。父母的落寞，可想而知，觉得孩子养成这样，一点都不亲，真失败！可曾想过儿时，他拿着幼儿园的苹果、小学的奖状，等你到夜深，一次次开门，一次次失望。

再后来，父母子女间有距离，没感情，说什么、做什么又显得刻意亲近，有点尴尬。

俗话说得好：“皇帝爱长子，百姓爱幺儿。”孩子在家里集宠于一身。那么，年轻的爸爸妈妈，如何在物质和感情之间，求个平均分呢？

平凡如你我，独子独女，尚有操不完的心，担不完的风险。那些执掌权柄、坐拥天下的权力核心家庭，男孩都是天潢贵胄，女子都是金枝玉叶，兄弟姐妹多不说，同父异母多，一奶同胞少。如何让这些孩子们健康快乐长大，想是许多的皇家夫妻忧心的问题。

康熙，千古一帝，下半辈子最头痛的，也不过就是大清这偌大的家业，应该交给哪个孩子来继承。这一点看来，和一般的老父亲没有什么差别。

历朝历代，皇子、公主的养成和教育，都是不太需要父皇母妃操心的。比如清朝后宫有规定，皇子公主出生后，不由生母抚养。比如雍正的生母是德妃乌雅氏，但其从小由佟佳贵妃抚养；八子胤禩为良妃卫氏所生，由惠妃纳喇氏养大。本应是母子连心，奈何隔着数层，皇子和生父生母感情淡漠得很。

当然也有幸运的，比如皇太子胤礽。这孩子，周岁就封了皇太子，康熙一直带他在身边，悉心教育，亲自教他读书治国。一来是玄烨对发妻赫舍里氏心存愧疚和遗憾，另一方面是自己亲自抚育、教养的孩子，越看越喜欢，越看越有感情，那待遇自然非比寻常。

有时候，爱是一种责任，爱也是一种负担。从凌晨三四点到晚上六七点钟，一天学习工作十多个小时。对一个少年来讲，是多么沉重的压力。

太子成年建府后，出现了巨大的反弹，叛逆暴躁，喜怒无常。胤礽做了40多年的太子，仍旧没有坐上那个金字塔顶端的位置，起了夺位之心。

整个清宫暗潮汹涌。做太子的，蠢蠢欲动，想把皇帝父亲提前拉下马；做兄弟的，钻营皇位，想把太子兄弟拱下来。这紫禁城俨然成了战场。

精明如玄烨，怎可能瞧不出儿子的花花肠子？废黜，复立，再废黜，如此反复折腾，到最后也没有解决这个难题。炙热的皇权，烫伤了父母、子女间的情感。相互依赖、信任，变成了相互谋算、斗争。康熙的儿子们，甚少善终，也伤了老人家的心。

如果少些试探，多些点拨，康乾三朝，是否也会不一样。

其实，每个闹腾的孩子，都掩盖着一颗没有安全感的心。有多不安分，就有多期望被关注、被呵护。

说到闹腾，安乐公主认第二，纵观唐朝几百年，没人敢认第一。

武周前夜，武则天为自己临朝称制做铺垫，先后逼死了长子李弘、流放了次子李贤，把三子李显赶下了皇位，扶生性淡泊的李旦登上了金殿。这个千古第一女人，为自己从幕后走上台前，辛苦地耕耘着。

在被幽禁别院的日子里，废帝中宗李显、废后韦氏，惶惶不可终日，越琢磨越觉得恐惧。最后懿旨下来，李显被贬为庐陵王，即刻前往房州封地。随旨而来的是两盏清酒，两人面面相觑，准备安然赴死。

中宗性情中人，并不太适合这个滚烫的皇位。想来也是，上面有两个嫡亲的哥哥，天下大任本就不大可能落在他肩上。他的人生就像大明宫的牡丹一样，富丽绚烂，不用争夺阳光、空气和土壤，任意地开着，以一朵花的姿态。根本就不曾想，有朝一日会站在大明宫的御阶前。他无所适从，随性而为。他戏言，将天下送给皇后韦氏、岳父韦玄贞。这样的话，是犯忌讳的。祖宗打下来的江山，如何能轻易送人？于是，中宗就被武则天从大明宫的正殿赶了出来。

这对小夫妻不明白，赶他们出长安，只是一个处在权力旋涡中的母亲，在皇权更迭的敏感时刻想要保护孩子的极端手段。

武家子侄，个个都是阴谋家，武三思、武承嗣等，哪一个是善茬儿？武氏代李，已经被绑上了历史的车轮，如何也是停不下来了。怎么保住这帮羸弱的孩子？只有离开，越远越安全。

李唐的翩翩君子如何明白，他们认定的窃国贼，那个不配做皇后更不配做母亲的女人，甘愿被误解、被仇恨，只为尽力保全孩儿的性命。宫闱之间，步步惊心，但天伦至爱，都是不会沦落的。再强硬的女人，即便执掌天下，孩子都是她的软肋。

出人意料，只是清酒，一盏离别的酒，一盏思念的酒。李显夫妻劫后余生，像破笼的家雀儿，飞向广阔天空。

他是个好儿子，按照母亲设定的轨迹，行走自己的人生。他也是一个好丈夫，在自己能力半径内，给小妻子她所要的一切。

韦氏因为美貌，被李显看中。父亲韦玄贞，只是一个七品小吏，连女儿嫁入皇家，观礼的资格都没有。别说先前的太子妃裴氏，和其他妯娌在一起，也相形见绌。

在李显当政后，韦氏得志便猖狂，三番五次为父亲、娘家兄弟要钱要权，数次提点，仍不知收敛，害夫君中宗李显失尽人心，也失去了武后这只大手的扶持。韦氏的皇后梦，也就到了头儿了。

不过韦氏也有值得李显纵容、宠溺的缘由。至少，当李显从高位跌下来，韦氏没有恋栈长安荣华，而是陪伴李显度过人生暗无天日的15年。

在去房州的路上，韦氏提前临盆。没有产婆，没有御医，只有共患难的平凡夫妻。韦氏在车上生下一个女儿。李显撕下自己袍子的前襟，包裹了这个出生就注定陪着父母受难的金枝。这个一出生就黄袍加身的公主，取名为裹儿。

房州，地处穷乡僻壤，和长安的繁华富庶，不可相提并论。

李显倒是随遇而安的性子。有女万事足，看着粉粉嫩嫩的裹儿，总是亲不够、爱不够的。每日和娇妻爱女为伴，为韦氏调些香粉胭脂，给裹儿做个摇铃手鼓，倒也自得其乐。

常言道，落毛的凤凰不如鸡。过气的皇子，被废黜的皇帝，还是需要像平常百姓一般，男耕女织，自给自足。同时还要担心，是否风声一起，长安便会狠下追杀令。那么，他们一家，如这般自生自灭也是不可能的。

这样的生活状况，让韦氏压抑着自己的欲望，看起来平和、圆润。

韦氏在庭院中栽种了几株牡丹，悉心照料。房州的土地贫瘠，牡丹只是疯狂地长高，开枝散叶，一年一年过去了，却一直不曾开花。难道，富贵之花，生来就只能长在富贵地儿？韦氏偏不信这邪，终于，花开了，娇艳劲儿，超过了沉香亭的百花争艳。

如此恶劣的环境，还是养育了一个积极开朗的裹儿。

和别的公主、皇孙不同，裹儿是由李显和韦氏亲自养大的。而且，裹儿生来就没有享受过荣华富贵，对那种“鲜花着锦、烈火烹油”的好日子，没什么概念，只是空空地向往。

如此，在偏远的房州，裹儿开心而满足，快乐长到了14岁。

时间过得真快，一代女皇武则天老了。

老人家总是对亲人刻骨地思念。而且她身后，还有政权交接的大问题，传给自己的儿子还是侄子，都是个问题。想来没有侄子将姑妈放在宗庙的道理，武则天召回了庐陵王。

时隔十余年，李显和韦氏一家，重返长安，物是人非，欷歔不已。

小镇姑娘李裹儿来到了都城长安，那种震撼，比林黛玉进贾府，远远过之，而无不及。“进入城中，从纱窗向外瞧了一瞧，其街市之繁华，人烟之阜盛，自与别处不同。”裹儿常听得母亲提起，长安的繁荣富庶，此刻眼见为实，兴奋不已。

而大明宫的万千气象，也让裹儿眼花缭乱。

原以为母亲是这个世界上最美的女人，但是宫廷里，国色天香的美人比比皆是，韦氏在里面并不出挑，反倒因为多年的劳作，显得出奇的苍老。裹儿见多了父亲的叹息和母亲的眼泪，但长安的每个人，都是喜笑颜开的，连父亲、母亲的眼里，也有了少有的喜悦

和轻松。裹儿在想，难道这个大明宫，真是有魔力不成？

更让裹儿高兴的是，整个大明宫的人，都夸她生得美，笑得甜。连高高在上的皇帝奶奶，也是很喜欢她的青春阳光。从此，姿性聪慧、容貌美艳的李裹儿，有了新的名字，安乐。

天真烂漫的安乐，可不是像林黛玉那么小心眼儿的女子。倒不会“步步留心，时时在意，不肯轻易多说一句话，多行一步路，惟恐被人耻笑了他去”，只是像个花蝴蝶一般，在大明宫恣意翻飞，享受迟来的春天。

在大明宫住久了，长安的贵气，也像香炉一般，熏陶着安乐。小小的安乐，一方面陶醉于长安的浮华生活，一方面深刻感觉到了自己的渺小。

在房州，她是父母的掌上明珠，捧在手里怕摔了，含在嘴里怕化了。现在，父亲和母亲有数不尽的宴请应酬，理不清的亲戚关系。分给她的关注和时间，都大打折扣。

刚回来时，久别重逢，整个大明宫的人，都围着他们转，异口同声地嘘寒问暖。慢慢地，所有的伪装散去，生活也就回归了平淡。

她觉得，自己被埋在了大明宫的人山人海里，挣扎着，总也跳不出来。她迫切地想要引起父亲、母亲以及整个皇室的注意。一个15岁的小女孩，一个人，心急火燎地酝酿着自己的“吸引力计划”。

武氏一族，尽出俊男美女。

自武则天而下，韩国夫人、魏国夫人尽是绝色，玄宗的武惠妃也是武家女人。而男的除了形容俊美，也是风流倜傥。前有韩国夫人的儿子贺兰敏之，后有武成王的儿子武崇训，玉树临风，貌比潘安。又借着武则天的关系，于后廷频繁出入。后宫的女人，上至朝廷命妇，下到宫婢女奴，入得眼的，皆有染指。

安乐盯上了武崇训，心里打起了小九九，只要成日地和这个问题小孩混在一起，急死老爹老娘，生怕做下那有失颜面的事儿，可不得成天都得看着、陪着、哄着。

于是大明宫里，俨然多了一对少年情侣。安乐和武崇训成日泡在一起，眉来眼去，打情骂俏。可急煞了宫中的老人儿，安乐这么好的孩子，怎么上了武崇训那小子的当了呢？韦氏也劝安乐，不要毁了名声，并开始在贵族中打量，给安乐找对象。

安乐又找回了焦点的感觉，乐滋滋地享受着亲人们的关心。食髓知味，怎肯说停就停？

然，事情常常超出意料。武崇训比安乐年长一岁，又是风月高手。单纯的安乐，和他在一起，就像好孩子总是喜欢坏学生，别人的世界，总是太辉煌。总之，两人还是发生了不应该的事情，更要命的是，珠胎暗结，一切都快瞒不住了。

安乐害怕了，找母亲韦氏商量办法。在皇家，最要紧的就是颜面。当年，给李弘点的太子妃杨氏，就是因为失节，被皇室退婚，自杀而亡。更何况安乐还是女儿家。想来想去，只是打落牙齿往肚里吞。

韦氏去求武则天，说武崇训年轻有为，俊朗飘逸，和安乐佳偶天成。武氏和李家联姻，一直也是武则天乐于见到的，再加上武崇训在宫中的丑事，武则天也有耳闻，只是不好插手过问。正好韦氏递来了枕头，于是顺水推舟，将安乐许配给了武崇训。

洞房内，红烛下，旧人相见，不知是否会有新的情愫。6个月之后，安乐便诞下了一个男婴。多少人掩口偷笑，所谓的天作之合，不过就是一出“先上车，后买票”的闹剧。

武则天死后，中宗复位，安乐成了名正言顺的公主。

中宗和韦氏，对安乐的宠爱无以复加。一则是自己带大的孩子，情意深厚，二则，对安乐心存歉疚，本是金枝玉叶，却生在乡野，跟着夫妻俩吃尽了苦头。所以从小就随心所欲，只要能办到的，安乐要，就给；不能办到的，先承诺，以后有条件了，立即给。

安乐明白父母心中所想，也很愿意做个乖乖的小孩，在大人的羽翼下，生活富足安乐。她也没有提什么非分的要求，只要父皇母后，一直爱她，一直疼她，一直宠她，就够了。

李显用江山，用整个生命，来报答妻子和女儿。

落难的时候，看到妻子因为过分地操劳、焦虑和恐慌，早生华发，李显动情地说：“如果东山再起，韦氏可以从心所欲，他定不节制”。如同千百年前，汉文帝刘恒，也曾对妻子窦氏许下了“永不相问”的诺。

韦氏是个聪明绝顶的女人，加上房州多年磨炼，她知道自己想要什么。她的心性，只适合繁华，注定会绚烂。但是在宫廷中，所有的荣华，都来自那方玺印。流泪为它，流血也为它。丈夫李显，是个没有政治企图心的人。武皇死后，本该李显继承皇位，那呆子居然想让位给弟弟相王李旦。如此一个单纯的人，肯定会被人利用被人骗。

韦氏下决心陪伴中宗李显，无论何时何处。于是，李唐王朝又多了位临朝的皇后。

母亲的主动、果敢，给了安乐雷霆一惊，原来女子也可以活成这样子。奶奶可以，母亲可以，那我安乐公主也可以。

还有，父母亲共同为一份事业操心，群臣朝觐，家国大事，虽繁杂难理，却乐在其中。加之安乐已然成婚，须得单独建府，从父母那儿分到的关注，变得更少了。安乐困在了小小的公主府，憋屈得快要疯了。

一日姐姐们来安乐公主府玩耍。本是同聚姐妹情的好事儿，却被女人家的攀比和虚荣，挑拨得变了味儿。安乐啊安乐，只道你是父皇最宠爱的公主，原来长宁家的别苑，是占的官中的；永泰家的小溪流，是从太液池里引过来的；定安家，假山是苏杭的，牡丹是洛阳的……只有她安乐，老老实实地等待着，父皇母后想起她，赏赐她。心里不免升起了醋意。

小朋友总爱和伙伴们比，比父母更爱自己，比玩具更豪华。一时输了也必定要赢回来的。安乐一世娇宠，如何忍受自己成为姐妹

间的笑话？她要一个更大、更稀罕的物件儿，不为别的，只是证明父母亲对她，安乐公主李裹儿，无与伦比的宠爱！

想要父亲母亲的赏，不难。难就难在，怎么找到这么一个天上有、地下无，让姐妹们眼红耳热的东西。一日，安乐和驸马回宫赴家宴，酒过三旬，安乐和母亲登上一艘小船，漂到湖中间说私房话。春江水暖，风乍起，吹得心里痒酥酥的。母女俩有一搭没一搭地说着话，安乐怔怔地看着湖面，嘴角露出一丝得意的笑。眼前，这碧玺般的昆明池，不正是寤寐求之的珍宝吗？官家的荒地，哪比得过皇家的御池？

安乐跟母亲提了下，想要昆明池，韦氏忙不迭地否了。这个裹儿，胆儿也忒大了，平时要点屋苑珍玩就算了，给她就是，可昆明池，到底在大明宫中，给了她，不是就给朝野上下天大的笑话嘛。安乐在母亲那儿碰了钉子，转头到父皇李显那儿去撒娇。哪个做父亲的，能抵得住心肝宝贝儿的发嗲耍赖。中宗虽爱女成性，却也不糊涂。他连劝带哄，一则昆明池，自汉武帝开凿的，千年来不曾赏人，不能违了祖制；二则昆明池水肥美，每年产鱼颇丰，供给着宫中女眷的脂粉费用。如果把昆明池赏出去了，后宫粉黛无颜色啊。

安乐心里堵得慌，什么爱女情深，不就是说说而已嘛。现成的不给我，还不兴我自己弄啊。于是，她强占民田，开凿了一个大池，取名为定昆池，定要超过昆明池。定昆池的布局结构，与昆明池如出一辙，精致程度却有过之而无不及。还开辟了一条清溪，用玉石砌岸，岸芷汀兰，芬芳馥郁，溪底全用珊瑚宝石筑成，日月光辉下，好似天上繁星。公主、驸马还常常打扮成渔婆猎户状，在池上钓鱼，在山上打猎。

李显和韦氏，知道拂了安乐的意，宝贝公主在和父皇母后赌气，也就听之任之，没有多言。安乐的折腾，并没有收到预期的效果。姐妹们在羡慕之余，依旧少不得非议闲言。而父皇母后并没有什么表示，也就没有了乐趣，在定昆池闲散了一些日子，狂野的日头，晒伤了玉颜，也就回到了长安。她必须要做件更加轰轰烈烈的事情！

小时候玩的过家家，再次给了安乐无限灵感。安乐大开府门，国家官爵按等级标价，公开兜售。只要给得起价，不管屠夫酒徒、奴仆走卒，安乐公主便立降墨敕，授官封爵。

安乐常常自写诏书，一手遮住诏书上的文字，一手却捉住了中宗的手，在诏书上用玺；或者蒙住中宗的眼睛，让中宗签字盖章。中宗视女如命，竟然也不追究到底写些什么，就应了诺，用印做实。用这样子，明着求，暗地骗，安乐授官达五六千人，宰相以下的官员多出其门。常有诏书下来，拜了高官，不但吏部衙门不知，连中宗皇帝也莫名其妙。

攀上了安乐公主这棵大树，当然希望步步高升。其中一些居心叵测的人，开始撺掇安乐，走向权力中心。

安乐的性子，随母亲韦氏，刚烈要强，任性自负。回到长安后，安乐就养在武则天身旁，很崇拜武则天乾纲独断的做法，而母亲从幕后走到台前的行为，给她巨大的冲击。加之有心人士的撺掇，安乐便开始做皇太女的梦。

异想天开的梦，还是有现实根基的。太子李重俊，非韦氏所生，不招帝后的喜爱，在宫廷中，频频受到欺侮和排挤。而安乐也一相情愿地认为，自己做了皇太女，才能真正走进父皇母后的世界。

中宗抚着安乐的脖子，开玩笑说，等母亲韦氏做了女皇，再立安乐为皇太女。这话，在中宗这儿，是句戏言。母亲那般能干的女人，千年一遇，自己的老婆孩子，有多少斤两，他还是知道的，这就一个春梦而已，做做无妨。而在安乐听来，这是父亲对母亲和她的认可，也是承诺。母亲能继承皇位，自己也可以步祖母和母亲的后尘，做个顶天立地的大女人。

中宗体弱多病，韦氏临朝听政，独断独行，气焰日盛。中宗终日躲在宫中，与宫人调笑解闷，朝堂之后，任凭韦后处置。整个李唐王朝，仿佛又倒回到武后时期，牝鸡司晨，阴盛阳衰。

一日，中宗夫妻在安乐的府邸玩耍。安乐的儿子，已经8岁了。韦后把大外孙抱在膝上，孩子“外婆外婆”甜甜地叫个不停，韦氏喜欢得不得了，下手诏，将这个8岁孩子拜为太常卿、镐国公，食邑五百户。中宗也喜欢小孙孙，不过见韦后擅自下旨，并没有想要征询他意见的神色，心下不悦，就拦住了手诏，说回宫再从长计议。韦后轻描淡写地处理了中宗的不悦，还搬出了李显在房州许下的诺言，生生地把李显堵了回去。李显不悦，当即起驾回宫。韦后也不惧，在安乐府中作乐，直到深夜。

父母之间的关系，起了细微的变化。所有的子女们，被迫要选择站队了，这个是立场问题。安乐思虑再三，决定和母亲韦氏一条战线。一来，自己的命运，和母亲的前途绑在了一起；二来，父亲是个长情的人，即使立场不同，他也依旧视她如珠如宝，疼爱如初。这样一个两面不吃亏的事情，安乐是聪明人，如何做不得？

韦氏的野心，路人皆知。安乐不鼓噪，也不阻止，看到对自己有利的事情，偶尔也掺和一下。对父亲，只是一味地撒娇装可爱，要这要那。在皇帝皇后的角力里面，安乐的欲望不断膨胀，羽翼也日渐丰满。

安乐喜欢热闹，却喜欢素净的白。有时候呆呆地看着，呆呆地想，这么纯洁的色调，和欲望交织在一起，是否也会觉得肮脏呢？

父亲的身体越发地差了。李唐皇室有心血管疾病的家族病史的，太宗李世民、高宗李治都是缠绵病榻多年，药石无灵的。安乐心里总有不祥的预感，觉得父亲有一天，会离她远去，可能很快很快了。想起父亲的宠爱，安乐心里酸溜溜的，总是抽着空儿地，回宫里看看父亲。安乐刁蛮任性，虽说给父母亲惹了不少乱子，但还是真爱他们的。

中宗是典型的西北汉子，喜欢吃糕饼，看到了就吃，一连吃七八个，都还舍不得松口。从现代医学的观点来看，有心血管疾病的人，不适宜食甜食和面食，对血脂、血压和血液黏稠度方面都有不好的影响。安乐也常常劝父亲，但是一辈子的饮食习惯，哪能说改就改呢？

一日，安乐再回大明宫，探视父亲。听伺候的宫女说，父皇中午又吃了10来个小糕饼，刚在浴汤里泡了会儿，这会子正在寝殿休息。

安乐快步向后殿走出，突然一个踉跄，差点摔一跤，心下觉得不妙，脚步更加快了。果然，父亲脸如猪肝色，正在榻上乱滚。中宗此刻已经说不出话来了，一手指口，一手捧腹，疼痛难忍。安乐慌了神，本想叫内侍，请太医，突然间想起了，年前父亲说的那些话，如果母亲做了女皇，那么她就是皇太女，这也太诱人了。安乐转过头去，走出了宫门。韦后殿在左，太医院在右，权位还是亲人，年轻的安乐，终于面临着人生最大的选择。

中宗看到安乐急匆匆跑出去，不久，韦后徐徐进来。他的眼里，满是女儿惊慌的表情，妻子木然的神色，延挨了数刻，两眼一翻，去了另一个世界。这个世界，让她们母女俩闹腾去吧。

不是不想，只是一念之间，安乐从需要宠爱的小女孩，成长成独立的女人，有自己的想法。不知道父亲中宗，是不是应该欣慰呢？不是不放手，只是不放心，中宗用生命践行了对妻女的一世承诺。

以后的事情，如大家所知。

韦后矫诏临朝，任用大量的韦氏子弟，朝廷面临大换血；相王三子李隆基先发制人，攻入玄武门，诛杀诸韦。

自从父亲死后，安乐公主深居别苑，鲜有露面，和先前闹腾的性子，大相径庭。也许是对父亲的薨逝而自责，如果她出门向右，也许情况就会有所不同；也许她从内心深处，排斥母亲这种鸠占鹊巢的做法。皇祖母，确实是智者，这样的时候，走得远，才可能安全。

然而，安乐的小性子，对父母的诸多要求，在外人看来，是不守公主本分，不安于室，也是天大的罪过。所有人，都存着担心，安乐公主，会不会是下一个韦后，下一个武则天。这样的几率，万万不能保有。当安乐淡出人们视线的时候，有心人还是能找到。安乐还在对镜画眉，听到后面一响，正要回头看，后颈忽觉暴痛，倒地而死。

可怜这么一家人，如此迅速地，在黄泉重逢。是否依旧鹣鲽意浓，舐犊情深呢？

从李裹儿到安乐公主，实现了人生的飞跃。她恃宠而骄、强取豪夺，她勾三搭四、秽乱春宫，她卖官鬻爵，见死不救，做了所有的错事。即使世间所有的人，都唾弃她，都不原谅她，但是李显会无条件原谅她，韦氏会尽所能帮助她。

在父母眼里，裹儿不是什么恶贯满盈的坏女人，她甚至不是所谓的安乐公主。她还是那个，在房州庭院里，跑着、笑着、闹着的裹儿。

她不过是，不希望和别人分享父母的爱。她要的，不过是更多的宠爱，如此而已！

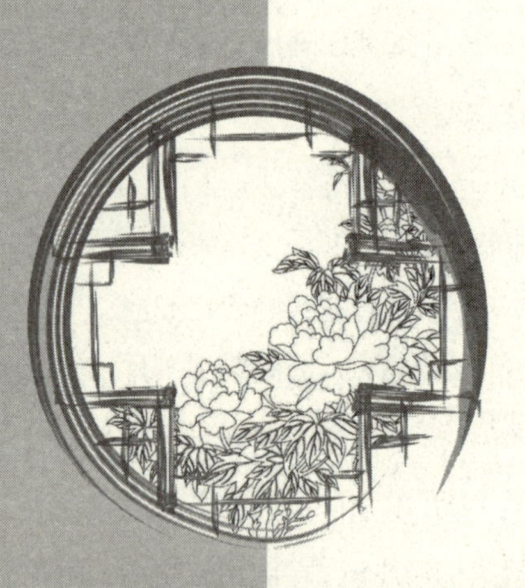

第五部分

红楼　少妇春情良人意

男儿，一片丹心扶社稷，手中长枪定江山。可怜红粉成灰，忽见陌头杨柳色，荣华还是恋家，这是个选择。

有个性，有思想，笑得灿烂

——知君用心如日月

君知妾有夫，赠妾双明珠。
感君缠绵意，系在红罗襦。
妾家高楼连苑起，良人执戟明光里。
知君用心如日月，事夫誓拟同生死。
还君明珠双泪垂，恨不相逢未嫁时。

——唐　张籍·《节妇吟》

古人言，唯女子与小人难养也。因为女子和小人一样，不按规矩出牌，难于应付。然，一旦陷入爱情，无论男女，都有不守游戏规则的风险。日前，某少女，拒绝了少年的求爱，惨遭少年泼汽油，毁容。一朵花儿，还没等到春天，还没来得及摆开姿势，就被迫枯萎了。

总有人在喟叹，相遇太早抑或是相见恨晚。爱情，是时间、地点以及两个有感觉的人的聚合物，少了哪一点，都是遗憾。缘分就是，不早，不晚，你爱的人，就在转角处，相视，牵起你的手，走以后的路。这就像宝钗的冷香丸，雨水的雨，寒露的露，霜降的霜，小雪的雪，难就难在“可巧”二字。从这个角度，有些错过，有些遗憾，也是必然的。

从“君知妾有夫，赠妾双明珠”，到“还君明珠双泪垂，恨不相逢未嫁时”，一个女人，从惑于迷情到慧剑斩情丝，为这个明智的女人，感动了好些年。不过近年来，又有了另一种解释，男人无所谓忠诚，只因诱惑不够；女人也不存在忠贞，只是背叛的筹码太低。如此美好的情愫被碾碎，埋在污泥里，实在残酷。

她不是节妇，是个活色生香的女人，也会有偶尔的情感分岔。只因她有个性，有思想，有着女人难得的自持和冷静，才幻化成诗，灿烂了千年。否则，这个故事的调子和版本，都该换一换了！

唐朝的繁荣富庶，给每个人打上了烙印。在唐朝，更多大气恢弘，更少小气尖锐；更多开明认同，更少束缚桎梏。对于男女的看法，对爱情的评判，自上而下地开明。皇室最看重颜面，然唐朝前期，共计有公主91人，其中再嫁、三嫁的有27人，占了三成。皇家尚且如此，何况民间？

只有在唐朝，出轨才可能被看做风雅事；只有在唐朝，女人可以行走在阳光下，和男人平等地交往；也只有在唐朝，女人才会有

繁复的姿态，环肥燕瘦，而社会广泛认同不同女性不同的风姿和魅力，而不似明清女子，被贴上了某种标签，然后遵照标准模板，标准化、模板化地生存着；只有在唐朝，才会容忍女人的羡慕、嫉妒、恨，才会有那么多女人，风头盖过男人，如此，真性情的女人才有立足之地。

梁国公房玄龄的妻子卢氏，与房玄龄少年结发，生子遗直、遗爱。卢氏嫉妒心之重，前不见古人，后不见来者，连皇帝的账都不买。太宗想赐姬妾给房玄龄，他畏惧悍妻，拒而不纳。长孙皇后召来卢氏，给她做工作。从梁国公的地位需要，到皇帝赏赐不能辞，于公于私，说了很多，卢氏执意，不为所动。太宗传来了一壶“毒酒”，问她，愿意不妒忌而活下来，还是坚守妒忌而死去。

凡人，对于死亡的恐惧是压倒性的。卢氏不然，她仰头，将“毒酒”一饮而尽。虽不是毒酒，只是一壶醋而已，但卢氏在毫不知情的情况下，愿意为情而死，这份情怀和勇气，也不是每个女人都能做到的。

女子妒忌，罪犯七出。这卢氏，妒妇一枚，如何这般嚣张？房玄龄惧内，卢氏专宠，也都是有缘由的。早年，房玄龄还是个小官员，一次生重病，在鬼门关转圈的时候，告诉卢氏，她还年轻，没有必要为他守寡，遇到好人就嫁了吧。卢氏当下就哭了，梨花带雨，转头，就挖出了自己一只眼睛，给他了这么一个血淋淋的誓言。

先觉得卢氏过分，房玄龄怯懦，后来被卢氏所感动。这么一个有个性、有思想的女人，不会梅开二度，自然也不能与别人分享丈夫。在她的眼里，爱情是从一而终，不光女人，男人也当如此。“吃醋”，那是爱情酸溜溜的滋味，也是一个女人，最鲜活的姿态。

中国千年男权社会，要做一个让男人崇拜的女人，太不容易了。不能遗落了女人的社会属性，比如相夫教子，操持家里，还要干出点儿平凡男子都干不出的功绩，才压得住场面。女强人，不易做啊。

唐太宗，雄才大略，在中国历代帝王里，堪称翘楚。但环绕身边的各色女子，都给太宗上了课，展示了弱水三千的千种姿态：妻子长孙皇后，以妇德，为丈夫的伟业锦上添花；一个是梁国公夫人卢氏，一阕盛世佳话，唐时女人有了别种味道；让人头疼的高阳公主，一桩丑闻，可那追求幸福的执拗劲儿，颇让人动容……

另外一个，长姐平阳公主，不爱红妆爱武装，所有能想起的，都是戎装。骑马射箭，英姿飒爽；点将领兵，淡定自若，那又是另一番风情。

不是你想的那位，此平阳，不是汉武帝的姐姐平阳，不是引荐了卫子夫的平阳，也不是先后嫁了曹寿、卫青的平阳。这个平阳，是唐高祖的三女儿，是太子建成的妹妹，太宗世民的姐姐。以军功威慑天下的李三娘子，一个与建成、世民平分秋色的开国功臣，中国历史上唯一一位以军礼下葬的帝国公主。

隋炀帝游幸江都，被部将软禁。这给在太原韬光养晦的李渊一

个绝好的借口，勤王救驾为名，奇袭关中为实。然而，江都，长安，一个在东南，一个往西，大军南辕北辙，傻子都看得出，李渊意欲何为。长安的官员闻风而动，扣押了李渊在京的亲属。

质子，在中国由来已久，这是一种相互结盟又相互牵制的有限信用。和平时期的友好见证，一旦开战，随时被囚，甚至被杀。秦始皇父亲异人，在赵国为质子多年。康熙年间，平西王吴三桂之子吴应熊也是常年滞留北京，吴三桂刚一有动作，这边就已被清廷羁押。李渊是隋文帝杨坚的外甥，炀帝的表亲，李家的亲眷也多在长安。李渊太原起兵时，只有次子世民跟随在侧。

长子建成、次子元吉、女儿平阳和夫君柴绍都被困长安，筹谋如何逃离樊篱，声援李渊。此时的长安路，前有堵截，后有追兵，数人同行，目标太大，与其说互相照顾，倒是互相掣肘更多。平阳淡淡告诉柴绍，女人有很多的办法可以隐藏、伪装，不会有危险。主张分开行动，建成元吉一路，柴绍一人独行，奔向李唐大营。

柴绍听了有理，就离开了。是啊，就这么离开了！

有没有一点点的不平，夫妻本是同林鸟，大难临头各自飞。柴绍抛下妻子，独自逃跑，在当时不是什么大罪过。岳父李渊，也并没有因此而责怪柴绍。此行的确艰难，当时，一起滞留长安的，还有李渊的幼子智云，因为随行有困难，最后被隋室官吏抓住，送了命。当时，带走的只有少数有勇力的人，留下了一大堆女眷和孩子。

只是从感情角度，有点难以接受。柴绍是武将，深知乱世求生的艰难，将这个一帮老弱妇孺都丢给了平阳，是一个多么大的包袱。衣食住行，如何逃避追捕，样样都不容易。若换作别人，早就不依了。平阳明白个中厉害，家族大业比她更需要这一帮男人。夫妻分别又如何？短暂的分别，为只为以后的长相厮守。

一旦想得通透了，再难的事情，也就变得容易接受了。

目送丈夫渐行渐远，一骑烟尘扬起，在地平线边，慢慢散开。平阳抹去泪水，开始在大隋的后方，积极地进行活动和安排。

平阳女扮男装，自称李公子，左突右撞，回到了陕西户县的李氏庄园。

李氏庄园对李渊一家十分重要，重要性堪比努尔哈赤的佟家庄园，家里的中流砥柱建成、世民都出生在这里。李渊在庄园附近广置产业，希望天下异变时，李家子孙还能有一方土地立足。

平阳变卖了部分产业，开仓放粮，赈济灾民。战争年代，人人自危，所以开仓赈灾的感召力特别惊人，这是社会责任感的象征，也有“跟着我有肉吃”的许诺性质。不多久，平阳就扯起大旗，拉着几百人的队伍，在户县附近活动开来。

接下来的三个月，平阳一边游动作战，保存实力，一边积极游说，扩张势力。这么个年轻女子，凭借个人魅力，招纳了四五支当时小有名气的义军。

常理而言，女一号身边，除了有真命天子，还有一个痴情守候，才智魅力都不输，却永远得不到女神垂青的男二号。

乱世乱象，骨肉分离渐成常态。夜凉如水，难以名状的孤独和铺天盖地的思念，啃噬着每一个细胞、每一缕发丝。

平阳喜欢举头，望月出神。皓月当空，月影里看到，以前他和世民在长安别苑里蹴鞠，那个大孩子，笑声直冲云霄；拿起一盏清酒，想起在洛阳，百花深处与柴绍一见倾心，那个傻子，愣神差点跌落荷花池中；昏黄马灯下，仿佛有父亲查看公文，义愤填膺，母亲缝缝补补，世民元吉跑着闹着笑着，不得清净……平阳收起思绪，想来，恐怕只是这半弯明月，一袖清风，是和千里之外的人们共享的吧。

平阳的落寞，马三保看在眼里，疼在心上。

马三保是平阳的家仆，在平阳和父兄分道扬镳的时候，三保自请留下来保护平阳。马三保虽是家仆，却跟随平阳一家多年，忠心可表；三保有勇有谋，平日的想法做法，颇多建树。孤身在敌营，这也算是平阳唯一可以信赖和依靠的人了。

马三保倾慕平阳，熟悉她的每一个动作，支持她的每一个决定，竭尽所能地襄助于她。只是这份情愫，三保深埋在心，且不说身份的差异，如今罗敷有夫，只要能够静静地坚守着一个人的爱情，也是好的！

平阳蕙质兰心，对于三保的心意，岂能不明白？她视三保如兄长，遇到为难的事儿，她愿意跟三保讲，他会给她指点，精到独特。这种亦师亦友的关系，平阳真的不想破坏，终日惴惴不安，生怕三保冲动，捅破了窗户纸，陷两人关系于万劫不复。

三保一直停留在好朋友的位置，不做进一步的奢想，却也尽心尽力地为平阳分忧，帮助她招徕了胡商何潘仁，实现了事业上质的飞跃。

何潘仁，母亲是汉人，父亲是胡人。人都说混血孩子漂亮、聪明，在何潘仁这儿，倒是一半一半，生得古怪，精明异常。何潘仁往来中原西域，贩卖丝绸马匹，成长为关中巨富。隋末世道不太平，不仅山贼响马横行，官府也是强取豪夺，何潘仁不堪其扰，修建石堡、招募兵勇，赫赫然，成了当地首屈一指的地主武装势力。

户县一带，虽是李家的发源地，多年只是置产，疏于政治经营；加上平阳只是一介女流，活动起来少不得更艰难。平阳一直在琢磨，如果有了何潘仁的加入，要钱有钱，要人有人，岂不是如虎添翼？马三保自告奋勇，孤身前往，说之以情、理、势，最终完满。

马三保着青衣，来到何潘仁石堡前，门童都不拿正眼看他，一样都是下人，谁又比谁高贵了。凭着唐公李渊的名头，何潘仁才勉强把他召了进来。

一个主，一个仆，一个奇货可居，一个有求于人，自然在心理优越感上，就拉开了档次。何潘仁觉着李家轻慢，遣一个家童就来办招安的事儿。马三保怀瑾握瑜，想傲则傲矣，只要明事理、能成事，不辱使命就成。两个聪明人，都揣着明白装糊涂，你一言我一语搭起了戏台。

马三保先发制人：“何将军，您危险了！”何潘仁见惯了低眉顺眼的奴仆，这个硬脾气的年轻人，让他觉得新鲜，想看那嘴里，会吐出什么样的珠玉。

大隋要亡了，这不新鲜。连隋炀帝自己都很想知道“此头终会被谁人取去矣”，局势一片明朗。而何潘仁，并无力取而代之，这也是废话，一个外商，没有政治资本，社会人脉有限，加上种族偏见和歧视，何潘仁自己并没有取天下的心。只要能苟安一隅，免于被盘剥压榨，何潘仁就已经很知足了。

既然不能自立，将军何不为自己找棵大树呢？一句话，改变了隋唐演义的轨迹。

这句话，让何潘仁前倨后恭，甘愿归顺，多年死心塌地，而他臣服的，只是一个女子，比自己年轻得多，势力小很多；还是这句话，竖起了大旗，引来了天下豪杰，平阳连续收编了李仲文、向善志、丘师利的义军，势力裂变式地膨胀；也是这句话，让还没有公主头衔的平阳，镇得住这群混编的虎狼之师。

主帅是女人，手下是杀人不眨眼的强盗，一个不小心，随时都可能被反噬。马三保提醒平阳恩、威两字。

恩，目前只是一个愿景，一个李唐取得天下后，大封功臣的画饼；而威，必须要弱化女人的特质，在军中，没有男女之别，只有官兵之分，必须令行禁止，才能有威信，有号召力。

平阳，很有军事天才，女人的直觉也常常帮得到忙。这支队伍，势如破竹，连续攻占了户县、周至、武功、始平等地。于是，在乱兵蜂起的隋末，平阳率领的“娘子军”，声名远播，很多人都千里投奔而来。不久，队伍就超过七万人。富饶的关中平原，成为了李唐王朝的红色根据地。

春去秋来，李渊终于肃清了主要敌人，江山一片大好，只缺帝都。晋阳，虽是李氏家族的老巢，但略显小气，不适合作为千秋功业的基石。李渊更属意长安，历朝古都，从秦到汉，北朝到隋，王气十足，于是率部东渡黄河，进入关中，夺取长安。

此时的长安，和当年大不相同。往日的腹心之地，而今群龙无首，不堪一击。平阳还为家人准备了一份大礼，在关中平原上，平阳打下一片片的地盘，逐渐连成一片，对长安形成了合围之势。

会师前，柴绍奉命带100骑兵去迎接妻子。平阳在渭水边上，洋洋洒洒排了千人的仪仗。柴绍一直担心爱妻的不周全，后悔当初没有留下来了，虽一直有战报传来，三保稳妥，平阳多谋，柴绍却一直放心不下，这副担子太重了，平阳扛得辛苦。现在看到，她不仅没有被压垮，还打出了一片天空，眼前的平阳，如初升的日头，风光绝代。柴绍有些汗颜。

柴绍，也不是绣花枕头，也不是傻大憨粗。他是名将之后，熟读兵法，擅长以寡敌众，在凌烟阁的二十四功臣，排名十四，确有真本事，和押对宝、娶了公主没有半点关系。

而平阳，这个有思想、有胆略、笑得灿烂的女人，足以让这个珠玉一般的男人，黯然失色！

平阳，本是温室里的玫瑰，却有野草一般的生命力；更不可思议的是，野草低到尘埃里，还能再开出花儿来。娘子军里那帮彪悍土匪，谁的账都不买，只服这“李三娘子”，可见她的智谋和胆略，让人不得不服，不论男女。

平阳，不是花瓶瓷器，摆着把玩，她是个享不了清福的公主。李唐王朝初期，每场命运之战，她都不曾缺席。

李唐定都长安后，反对势力仍有残留，对这个新生儿虎视眈眈，想把他掐死在摇篮里的。秦王李世民两年时间内扫荡了李轨、薛举、刘武周、王世充和窦建德的余党。与此同时，平阳带领“娘子军”，固守山西大本营。

从来，山西就是华夏咽喉，是承东启西、联结南北的重要支点。东进中原，还是西攻关中，要诀都在山西。同时，山西太原，是唐公封地，李渊苦心经营多年，山西的人力、物力和财力，源源不断地供给天下。山西不稳，则天下动荡。

有赖于平阳公主守住了大后方，前线无忧，大唐铁骑才能力克强敌，重拾大好河山。

然而，就这么一位天生属于战场的巾帼英雄，自从天下归心之后，历史上就没有了关于她的记录。褪下寒衣，描眉红妆，平阳回归了帝国公主的正常轨迹。

有时候，社会挺畸形的。需要的时候，女人是男人，男人都当超人，做着没有性别差异的事情；过了艰难时期，又会不断强化男女之间的不同，男人就应该勇猛如钢，女人也只能柔情似水，我耕田来你织布，我挑水来你浇园。

想来，做个仪态万方的公主，做柴绍大英雄背后的小女人，对于平阳来说，比指挥千军万马更来得不容易。刹那芳华弹指老，早年颠沛流离，熬干了平阳的心血；后来的公主生活，更加平淡无光。短短六年，平阳去了。

回想女儿的一生时，李渊犯了难。对于大唐王朝来说，平阳仅仅是十余个公主中的一位，还是个有不世之功的女将军？

平阳身先士卒，擂鼓鸣金，皇城之下，少不了平阳的血和汗，从古到今，何尝有过这样的公主？泱泱大唐，哪里有这般个性张扬的女子？定谥号时，李渊用“昭”字，为平阳的一生盖棺定论。所谓的“昭”，明德有功也。并下旨，破格用军礼下葬，“前后部羽葆鼓吹、大辂、麾幢、班剑四十人、虎贲甲卒”，撼动了整个大唐。

于是平阳，成为了传奇，变做了唯一。中国历史上唯一一个由军队举殡的女性。

纵观古今，女性带兵的不在少数。

从妇好、梁红玉、佘太君、穆桂英，到近代的宋美龄，她们都以某人妻子的形式，存在于人们的记忆中。妇好，商王武丁的第一任王后，为武丁东征西讨；梁红玉，抗金名将韩世忠夫人，亲援桴，鼓退金兵；佘赛花，杨令公之妻，穆桂英，杨宗保之妻，杨家男儿为国捐躯后，杨门女将征战沙场；宋美龄，蒋介石夫人，组建近代空军，被称为“空军之母”……她们的功绩，说到底也只是为丈夫锦上添花。

女人，若总是男人的附件，其存在价值，也就看别人的需要。有思想的女人，不是花瓶，男人视她为生命的一部分，喜欢、钦佩，不弃不舍，而不仅仅是一个摆件，一个把玩的饰品。有思想的女人，不是配角，不是陪衬。她有清醒的自我认识，绝不会放任自己被欺负、被践踏；而这样的女子，大家尊重她，和她平等地对话，甚至服从她。

于是，咱们，做个有个性、有思想的女子，任自己，在阳光下，笑得灿烂。

因为爱情

——道是无晴却有晴

杨柳青青江水平，闻郎江上唱歌声。

东边日出西边雨，道是无晴却有晴。

——唐　刘禹锡·《竹枝词》

问世间情为何物，再一次茫然了。

爱情应该是多面的。一时是深刻的铭记，一时是淡然的笑意；时而温柔地相依，时而坚强地别离；你的爱情，像火热的桑巴，她的爱情，像优雅的华尔兹……可是，爱情一定不是居高临下的高贵姿态，一定不是借爱的名义，强迫或是挽留。

因为爱情，心疼那些兜兜转转的迷惘女子；因为爱情，钦佩那些壮士断腕的决然女子；因为爱情，有你，也有我！

身边朋友，分分合合，来来去去。这是个恋爱的季节，却飘着分手的余味，冰冰凉……

“等时机成熟，等父母不那么反对，我们就结婚，急什么啊！”“等生活条件好些，工作稳定些，我们就结婚，现在不急”……

爱情是有一个临界点的。随着相识、相知、相恋，两个人相依相偎的感情，逐渐升温，逐渐发酵，慢慢达到一个峰值。过了这个时刻，对爱情的满意度会直线下降，珍珠变鱼眼，古董变破烂。爱情就像蹦极，勇敢地把自己扔出去吧！

爱情是一场博弈，那么，谁在爱你，你在爱着谁？

她，李娃，长安风尘女子；他，郑公子，荥阳望族，科考士子，前途无量。两人的生活，本没有太多的交集。

那时的妓女，是浮华社会的特殊群体。她们美貌与智慧并重，将“女子无才便是德”的镣铐踩碎；她们为主流社会所唾弃，然而，无论是权贵还是白丁，都想与她们交浅言深，引为知己红颜。于是，士子金榜题名后，就有了两件非做不可的事情，一是去大雁塔前留念，感慨过往的寒窗生涯，描画宦海蓝图；二是去平康里感受长安的花花世界，坚定人生选择，挖掘仕途价值。

而李娃，就是平康里的一朵奇葩。怪她生得太过美丽，多少贵戚豪族拜倒在她的石榴裙下；怪只怪，时间就是那么恰好，不早一秒，不晚一秒。相遇，然后浅笑“哦，原来是你”。

读书苦闷，郑公子访友经过平康里，与李娃有了一面之缘。那淡淡的倩影，半遮的脸庞，还有风尘女子本不该有的娇羞神色，挥之不去。

郑公子摸熟了李娃的背景，不过是长安城里一个色艺双绝、身价不菲的妓女，浩浩荡荡地叩开了李娃的门。在这个江南贵公子眼里，能用钱解决的问题，都不是问题。

隋唐，是个身份制的社会，世家大族享有崇高的名望和社会地位。其中五支尊贵无比，有“烈火烹油、鲜花着锦”之盛，分别是博陵崔氏、清河崔氏、范阳卢氏、陇西李氏、赵郡李氏、荥阳郑氏、太原王氏，时称“五姓七望”。高宗曾颁下禁婚诏，五姓七家之子孙，不得自为婚姻，婚丧嫁娶须上报朝廷。原意是保持贵族血统的纯正，无形之中却提高了婚姻的门槛。王公贵族与五姓结亲，世间男子皆以娶五姓女子为荣。

荥阳郑氏榜上有名，后人也相当争气，连续出了十余位宰相和权臣，有“郑半朝”的说法，家世越发显赫了。

郑公子的父亲，时任常州刺史，老年得子，倾注半生心血。所幸郑公子不负所望，清逸俊朗，文采风流，他的诗词歌赋在当地备受推崇。这次来长安赴考，郑公子志在必得，力求一战而霸。须知在家千日好，出门步步难，老爷子考虑周全，给儿子准备了丰富的盘缠，务求爱子在外不丢面子，不受闲罪。

可长安灯红酒绿，莺歌燕舞，单纯的郑公子才知道，原来生活是可以这样子的，很快迷失。更要命的是，他爱上了一个人，一段需要用金钱和时间来滋养的爱情，渐渐掌控了他的思维。一掷千金，为求与美同醉。华服美冠珍馐百味，不过都是道具而已，芙蓉帐暖、郎情妾意才是正题。

恋爱中的男子，撒谎、偷心，一阵子，或者一辈子。郑公子故意丢了马鞭，假意来寻，天黑留宿，他所希望的，可不仅仅只是“one night in 长安”。

他对她立誓，此生决不相负；她对他保证，海枯石烂不变心。

郑公子索性搬到了平康里，和李娃同吃同住、同进同出。什么“书中自有黄金屋”，比得上李娃这块“金镶玉”？书本束之高阁；什么状元及第，还不如李娃的笑涡，科考抛之脑后。

就这样，在温柔乡里待了一年有余，情意日笃，囊中却慢慢羞涩。李娃倒没有变化，恩爱缱绻，一如往昔；只是，从高门贵客到了倒贴的小白脸，还占着摇钱树，妈妈的脸色一日日地更难看了。

有人认为有了面包，就会培养出爱情。没有物质的滋养，爱情将是无根之水，虚无不定；有人会认为爱情至上，缺乏精神交流，爱情只会沦为柴米油盐，生活琐事。有人用爱情制造了面包，也有人用面包发酵了爱情。然而，饿着肚子谈爱情，那叫殉情！

更何况，妈妈是不相信爱情的。

趁着两人出游，妈妈耍计谋，骗回李娃，遗弃了郑公子。郑公子回来找寻，人去楼空，被伤害、欺骗和遗弃的感觉，瞬间淹没了他。他惶惶然地在长安街上游荡，不知道接下来的人生，如何走下去。

现在的郑公子，已经远非一年前那般春风得意了。功名无成，有家不能回；儿女情长，亲友之间疏于走动；德行有亏，朋友也断不会收留常住的。他失意、他愤怒、他诅咒、他疯狂，成了长安街市上的流浪人，吃了上顿没有下顿。后来在殡仪馆里找到了一份工作，“凶肆歌者”，操办丧事，写祭文，哭丧等，因为仪态好、有文采，还带着真情实感，一日三餐才得以解决。

郑老爷子爱子心切，久等不归，亲自到长安来找寻。父子俩在长安街市偶遇，父亲豪门贵族，儿子凶肆歌者；儿子无言以对，父亲怒不可遏。知道儿子的际遇，郑老爷子痛打爱子，断绝父子关系。

在这场金蝉脱壳的戏码里，不能说李娃不知情。所谓的求子、拜访亲人、妈妈疾病、半日之内消失，没有李娃的配合，很难成事。李娃对郑公子有爱吗？这样的女子，还能谈爱情吗？

李娃，不是不爱，只是她是多么地缺乏安全感。沦落风尘，从世家小姐到青楼烟花，世态炎凉的嘴脸，她看得太多太多了。而郑公子的爱，包裹着金钱和情欲，那么不单纯，让人看不到本真。而郑家高门大户，断不会接受她的过去，即使郑公子万千宠爱，终究也是胳膊拧不过大腿。作为一个女人，一段前途未卜的感情，一段注定没有好结局的感情，风险太高，不是最佳选择。

李娃选择了离开，长痛不如短痛。有时候，爱情的表面是狰狞的，甚至还带着皮和肉。她天真地以为，这一年，都当春梦一场，醒来依旧过生活；她以为郑公子也能迅速地回归正轨，忘记那些情事、忘记李娃，甚至忘记长安……

怎知堂堂官家子弟，居然落得如斯田地。李娃低估了郑公子，在这场风花雪月里，他自愿和原来的生活割裂，只身一人奔赴到她的世界。一旦这个世界崩塌，郑公子面临的将是毁灭性的伤害，没有了家庭，没有了亲友，没有了事业，没有了价值，连仅存的爱情也没有了。当初，他为了她抛弃了全世界，而现在，像他抛弃的世界一样，被抛弃。

郑公子又羞又悲，无心求生，伤处一直未愈，恶臭难当，沦落为路边的乞丐。

秋去冬来，郑公子屈辱地活着，有时候也会想李娃，不是恨，只是想弄明白。一日，他到安邑门乞食，再次偶遇李娃，再一次，合适的时间，合适的地点，合适的情节。

李娃万万想不到，她朝思暮想的郑公子，以为回荥阳呼风唤雨的郑公子，此时竟蜷缩在墙角，叫着“冻死我了啊，饿死我了啊”，人不像人，鬼不像鬼。过去的悲欢离合、恩爱和浮华、背弃和找寻，都浮上心头。想起这个男子，为自己挥金如土，散尽家财；也是这个男子，被自己狠心遗弃，与父亲断绝天伦。看到自己爱过的人，如此狼狈，而如此下场也是源于自己，想到这里，除非铁石心肠，谁不动容。

李娃深情地拥抱郑公子，相对无言。她依然自赎其身，和心上人安顿在一处僻静小院，让郑公子一边调养身体，一边慢慢温书，准备科场应试。

郑公子天资聪慧，曾视上第如指掌，加上李娃红袖添香，更加事半功倍。

两年，郑公子跃跃欲试，李娃拦住了；又一年，郑公子一举考中甲科，小有名气，飘飘然，李娃认为德行有亏，应当夹着尾巴做人，更加低调地经营人脉，营造声势，才能一鸣惊人；第四年的大比，郑公子当廷试策，勇拔头筹。皇帝大加赞赏，拜官，授成都参军。

终于守得云开见月明。因为爱情，她洗尽铅华，从花魁娘子变成了黄脸婆；因为爱情，人生这般大起大落，大悲大喜，他还一飞冲天。

现实这个东西，真的很现实。落魄的时候，他离你远远的，怎么样的窘迫都没人过问；得意的时候，哪儿都有他，对你指指点点，这不对，那不行的……

李娃这般玲珑的女子，对自己突然没有了信心，不相信他会重情重义娶一个风尘女子，而且还是骗过他，害他身败名裂的女子。

就这样结合，就真成了千古第一婚了。

唐朝户婚律明确规定，良贱不婚。而“五姓七望”的婚姻主权是收归朝廷的，不得自为婚姻。换句话说，郑公子如果坚持娶李娃为嫡夫人的话，轻则丢官，重则受刑责，无论如何都会影响到郑氏家族的声望。

一盘必输的棋局，如何落子，才能我输他赢？

李娃自请离开，希望郑公子“努力加餐勿念妾”，希望郑公子能找个门当户对的妻，希望郑公子前程似锦。不是什么以退为进，只是权衡之后，伤害最小的一种方法：你走阳关道，别管我过什么桥。

当初无情，如今多情。郑公子千般不舍，万般挽留。

青春年少，总会走些弯路，总会认识些不靠谱的人，可能是李娃，也可能是别人；一名风尘女子，不敢奢求真爱，所有的存在感，都来自于金钱。理智地面对生活，抛弃一文不名的郑公子，虽让人鄙视，却也别无选择。被生存面具蒙蔽了的李娃，应该被原谅；而帮助他脱胎换骨的，却只能是这个人，只能是李娃。

故事走到最后，李娃和郑公子，能够勇敢地走下去，能够得到封建家长的认可，最终夫荣妻贵，毫无悬念。郑公子平步青云，李娃获封汧国夫人。

喜欢那样的相识，初初相见，惊为天人；喜欢这样的相思，不管如何开始，为何结束，但是一想起彼此，回忆里萦绕着涩涩的甜蜜。

因为爱情，李娃不再是长安倡女，只是芸芸众生中，等待爱人回眸的一棵开花的树；因为爱情，所有无情，所有伤害，都成了历练，成了风景；

"因为爱情，不会轻易悲伤，所以一切都是幸福的模样；因为爱情，简单的生长，依然随时可以为你疯狂；因为爱情，怎么会有沧桑；所以我们还是年轻的模样；因为爱情，在那个地方；依然还有人在那里游荡，人来人往……"

平淡一世，如何不好？

——忽见陌头杨柳色，悔叫夫婿觅封侯

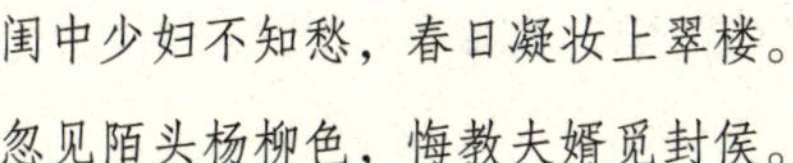

闺中少妇不知愁，春日凝妆上翠楼。

忽见陌头杨柳色，悔教夫婿觅封侯。

——唐　王昌龄·《闺怨》

一个男子，建国初期空军飞行员；一个女子，略识文墨，共和国基层女干部。他放弃了振翅蓝天的梦想，她也掐断了从乡长、县长到更高的路，回到乡野。她成了田间最不起眼的农妇，他遍历工农学商，止步于乡村教师，养家，育人。

转眼五六十年，昔日朱颜，早成华发。年轻的豪情壮志，幻化成了老人家平淡的念想：儿女，不求富贵，团结孝顺就好，孙儿快高长大。早起，散步，等晨光叫醒年轻人，再拣个好天气，她做鞋垫给孩子们，他念书报给她听，阳光铺满身前身后。这景象，静谧宁寂，仿佛从心底里流出来的诗篇，低吟浅唱最合适不过了。

女人先去了。在家待不住的老爷子，不爱出门了，一个人不出门，家中无人也不出门，就这么守着，陪着，怕她一个人孤单吧。

> “如果梦醒时还在一起，请容许我们相依为命。绚烂也许一时，平淡走完一世，是我选择你这样的男子，就怕梦醒时已分两地，谁也挽不回这场分离……”。

一阙歌曲，一段蚀骨的记忆，一个忘不了的人，一则渐行渐远的承诺……

这样的爱情，没有太多的惊天动地，有的只是流水一般绵延不断的感觉；没有太多的花前月下，有的只是相对无言的默契……这该是一种“执子之手，与子偕老”的感觉吧。而窃以为，这样精致的心恋，只能安放在平淡的生活里，才能持之一世。

平淡，是许多人不甘的宿命，而不是积极自我的选择。每个人，都有一个位，上紧发条，紧赶慢赶，只为了更好的位。城市里，人们沿着地铁站的自动扶梯向上爬，在这个城市里，只有游客才会傻站着发呆。英国《金融时报》撰文：大城市已经日益成为拼搏者的天下，他们正把所有其他人赶出城中心。

物质守恒，所谓的打拼、奋斗，不过一物换一物。一个阶段，用不那么稀缺的资源，比如时间、体力，换取诸如金钱、名利之流。然而追求是绵长的，追逐过程中的攀比和得失，让人痛苦，让人不满足。而结局，就如指间沙，抓得紧，漏得多，不过是空余怅惘而已……

奋斗的一生，20多岁打拼，名利是奢侈品；30岁勃发，拼的是积累；40岁转型，人脉不可或缺；50岁守成，淡泊的心境，求之难得。

官场玄妙，常有五十八九现形、落马。生活，本没有痛苦，人们自苦的，不过得失而已。苦苦挣来的权位，转眼成了为他人作嫁衣裳。所有的风水，所有的虚荣，转到他人门庭，人生的惊涛骇浪，随着那么一天，平静如水。夕阳的一代，多少不甘，多少恐惧。于是反抗，挣扎，给自己埋后路，悄然走近风雨暗夜，丢掉了光环，失去了荣耀，留下的，只是晚节不保。

世界上的事儿，称心容易，十全十美却极难。小说中，男主角的命运，好得让人抓狂：偶遇世外高人，习得绝世神功，成为盖世大侠，所有遇到的、将会遇到的女人，都美貌如花，且都钟情于他……一切想得到的好事情，一夜之间全部应验在了他身上。总觉得，把这世界也想得太美妙了，远得不沾风尘，欠缺那么一些真实感。

人生原本的模样如何？人生，是否有完美的模板，还有爱情，到底有没有定式？

一个武将，运筹帷幄，前有拥立之功，后平定青海少数民族叛乱；官至川陕总督，加封太保、一等公，在朝在野，功勋卓著，首屈一指；小妹是皇帝的宠妃，先后育有三子一女，赚足了皇帝的怜爱……这样的人生，可否轰轰烈烈，不可一世？是否是许多人毕生的追求？

然而，风云突变，就在一瞬间。

“本来就是用他来攘外，外患既除，还不知收敛，死期不远。”功高盖主的人，最该琢磨的是，如何韬光养晦，卸下防备。然此人，不退反进，完全沉浸于被奉承、被恩宠的自我陶醉中。在京城，所有的恭维、赏赐，受之泰然，插手政务，培植势力；在辖地，雄军割据，不服中央号令；对皇帝的起居行事，先是模仿，继而超越……

如此地僭越无度，在一个有忧患意识和危机感的君上眼里，昔日的肱骨之臣，俨然成了狼子野心。一年之后，风云骤变，削官夺爵，赐自尽。

对，此人就是年羹尧。

人生有两种，一是先苦后甜，二是先甜后苦。从来嚣张跋扈的人，就不得人心，再加上仗着功绩，耀武扬威，不知收敛，结局就难料了。祸兮福之所倚，福兮祸之所伏，人生本不能两全。

如果一个人，出生耕读之家，没有强大的政治背景；非“战阵之才”，军事才能远远逊于自己的弟弟甚至自己的学生。他亲自指挥的战斗，无一不是以惨败告终，自个儿也气得好几次想要跳江自尽。

然而就是这么一个人，力挽狂澜，挽救了一个王朝，将“呼啦啦大厦将倾”的悲剧，延后了百年。他，一面是末代王朝的中流砥柱，一面被贬为“卖国贼”，毁誉参半。而与之同时代的权臣，轻则丢官罢爵，重则抄家灭祖，只有他，纵然坎坷不断，却最终功成身退，得以善终。

这个完美的人，是曾国藩。很难说，在他年迈之时，忆起当年的同僚和战友，是否也会认同，人生最后的淡然退出，才是最大的幸福。

如果不争可以心安，平淡能够幸福，如果满腹锦绣，终究归结于夕阳西下、老妻幼子，那么平淡一世，如何不好？

男人在外拼杀，拿性命去赌明天。女人在家，却是另外一种悬心，没有硝烟，却活生生地把心碾成了两瓣儿。

女人是世上所有矛盾的综合体。一些时候，她希望，男人守着自己，平庸一些也无妨；另一些时候，她又希望男人平步青云，名利双收。俗语言，养儿一百岁，常忧九十九。大胆揣测一下，许多的女子，都是将心上人当做孩子一般来呵护珍惜的。新娘，新娘，大约说的就是这样的意思吧。

他失意落魄，她担心，男人怀揣珠玉不能被人识得，壮志难伸；他一朝得志，她还是担心，口舌如箭，男人处在风口浪尖，如何保全。在家，她害怕小小屋苑禁住男人一生；出外，她担心路途凶险，有没有添衣加餐，有否意外。年轻时，害怕他抛下自己，处处留情，惹下桃花债；年岁大了，又担心身后，他老来无人相伴，孤零零走向人生的终点……

或者，按部就班的生活，不为衣食杂物烦忧，家庭与事业都没有大起大落，才可以让女人们，安心一些。

他若安好，便是晴天，如此而已。

庭院里，一个安详的老妇人和一个戎装的老人微笑着，一个从门外走进，一个从内堂出来，面对面地走近；然后，微笑着，鼻尖顶着鼻尖，双手紧紧地牵在一起。富丽的庭院，淡去，成为背景，只有夕阳把他们的银发和笑容，染成一片暖暖的黄。

身旁的人们，啪啪啪跪了一地，低头，顺眉，和他们的幸福一起，渲染出一片温暖。

郭子仪，唐朝著名军事家，戎马一生，对大唐王朝有再造之功，受封汾阳郡王。若干年后，郭子仪85岁高龄辞世，德宗废朝5日，加高坟墓10尺，亲到安临门，临哭送行。“权倾天下而朝不忌，功盖一代而主不疑”，生前死后，哀荣始终，前无古人，后无来者。

然后，不相干的人，看到的只是那华丽的袍，只有自己才知道，里面长满了虱子。什么也不会比“遭受”更为贴切。也许，郭子仪和他的家人，并不希冀这样的富贵荣华，一家人，要的只是，简简单单的平安和小幸福。

刚刚描摹的一幕，是郭子仪平定安史之乱后荣耀回归的情境。

对郭子仪而言，这一刻是多么奢侈。十年来，这是第一次自己能卸甲，放那么长的假期，安安心心呆在家里，待在妻儿身边。对郭子仪的元配，霍国夫人王氏而言，此番，不是汾阳王衣锦荣归，只是漂泊多年的男人，终于回来了。所有的等待和悬念，这一刻才有了价值。

一个女人，选择什么样的男人，就是选择了什么样的人生。嫁给才子，担心变心；嫁给武夫，害怕毁身。

想当年，王氏初嫁。郭子仪家境优渥，相貌秀杰；父亲祁国公郭敬之，历任渭州、吉州、绥州、寿州四州刺史。王氏出身太原王氏，名门望族，父亲王守一时任兖州都督。王氏孝顺、聪慧，女工也是极好的，很有大家闺秀的风范。

每段婚姻，都是相似的。王氏侍奉翁姑，操持家里，勤劳节俭，连厨房烹饪这样的事情，都是亲力亲为，丝毫看不出来这些事情，即使在家里，她也是不染指的。

王氏一点没有官家小姐的娇气，温柔如水。然而这些，却拦不住年少轻狂。当时郭子仪在军中服役，可恨才华没有空间发挥，索性破罐儿破摔，成了刺头儿一个，父兄头痛，王氏也是成天担心不已。

果然，郭子仪一次酒后误事，犯了军法，按律当斩。王氏急坏了，苦于妇道之人，有心无门，终日在佛堂吃斋念佛，以求佛祖庇佑。所幸李白路过，不忍这英俊少年赴死，为郭子仪求情，免其一死。

自此，郭子仪翻然醒悟，痛改前非。以武举高第入仕，累迁至九原太守、朔方节度右兵马使。

时间是一把无情刻刀，改变了我们的模样。

此时的大唐，早已不是当年的大唐了。从上而下，由内而外，衰败之气遮掩不住。玄宗专注后宫，不理朝政，政治腐败；在边镇设10个节度使，掌军政大权，兵马49万，对中央政令阳奉阴违，形成了地方包围中央的态势。大唐帝国散发着腐肉的气息，吸引四方近邻虎视眈眈。

对于长安的困境，唐玄宗视而不见，醉心于小儿女的情怀，纵容胡儿安禄山扩张势力。天宝十四年（公元755年），安禄山、史思明纠集兵马，号称20万，挥军南下，直取中原，史称“安史之乱”。“安史之乱”践踏了天朝上国的迷梦，唐玄宗和积重难返的王朝，成了俎上鱼肉。

这场旷日持久的战争，破坏了这个安宁祥和的家庭，改变了郭子仪老人的一生。如果没有这场动乱，凭着九原太守、朔方兵马使的权位，这对老夫妻，可以安然享受富贵闲人的生活，散步养鸟，赋诗对弈，随心而自在。

然而，战火一开，一切都不同了。

贞观以来，大唐无战事，刀枪入库，马放南山。军队战备松懈，百姓战备意识淡薄。安史叛军长驱直入，势如破竹，每到一个地方，奸淫掳掠，无恶不作。安逸了几十年的大唐子民，眨眼间家破人亡、流离失所，半壁江山被战火和鲜血染红，惨不忍睹。

是军人，面对山河沦丧，当仁不让。当接到玄宗的任命，郭子仪临危受命，离家出征。此时的郭子仪，已经58岁了！

王氏当然是万分不舍。自从接到圣谕，这一大家子，个个愁眉深锁，生怕说错了话，做错了事儿。王氏帮老夫君打点行装，泪眼婆娑。郭子仪常年在外，征战无数，却从没有这次这般凶险，这般死生难料。那几日，王氏变着法子地做郭子仪喜欢的糕点，做让他开怀的事情。但郭子仪的眉头，一直没有舒展开来，这真是一场恶战，接下来要面对的不是为胜利所做的牺牲，就是就义前的诀别。

大家都很小心，生怕说出了那句话，那个字。出征的日子到了，王氏揣了个平安扣在郭子仪的腰间，不求不世之功，只愿老伴儿平安归来。十里长亭，闻鼓角，风正飘飘马正萧萧，王氏拭去眼角泪滴，只见尘土风扬，浩浩荡荡的20万大军，消失在了地平线的连接处。

郭子仪，确实有将帅之才。

756年4月，郭子仪旗开得胜，收复云中、马邑，打了河北战场上的第一个大胜仗。这次胜利，赢得了战略上的主动权。开战以来，唐军兵败如山倒。这次的大胜仗，粉碎了安史叛军不可战胜的神话，极大地振奋了士气和民心。同时，打通了朔方军与太原军的联系，使安禄山“下太原，入永济，两路夹攻关中”的幻想破灭，赢得了战略上的主动权。

捷报传回长安、洛阳，人心振奋。见战局略有回转，在郊县避乱的王氏，带着家中的老人、孩子，返回长安老宅。王氏为夫君骄傲，作为职业军人，只有在战场上，才能散发熠熠光辉。继而，王氏为丈夫担心更多，忧思更多。

这场胜利，来得太及时了，犹如一片干涸的土地，龟裂，枯萎，终于迎来了好雨。皇室需要郭子仪为他们卖命，一条60岁的老命。此次战局好转，在领导层看来，是天赐的福音，必然会盲目冒进，陷国家和前线于危难之中。

而安禄山是少数民族，彪悍异常，生猛异常。一次的胜利是不足以打击他的野心的。此时的大唐，黄河以北大部分已经沦陷，俨然形成了以安禄山老巢——范阳为中心的辐射圈，向南纵深。这样一边倒的局势，赢一次都很不简单，想要一直赢下去，收复大好河山，难上加难。

能赢一次，自然次次都要赢。人心都是不知足的，要的，只会越来越多。所有的期望，都压在了自家的老头子肩上，这副担子，该有多么地沉重啊。

担忧的事情，很快成了现实。

大唐帝国的领导层，过高估计了战局的好转，这边命郭子仪正面出击，那边强令哥舒翰领兵出潼关，意图收复西京洛阳。这与郭子仪抄安禄山老巢的想法，背道而驰。

错误的指挥，再次陷政府与百姓于危难之中。经此一役，哥舒翰被俘，政府军几乎全军覆没，战局急剧恶化。朝野上下，人心不稳，惶惶不可终日。

肃宗即位后，朝廷越发没有可用之才，更加倚重郭子仪的朔方军了。

郭子仪决定先收复长安，以安民心。在潼关大破贼兵，接连收复蒲州、安邑、永丰仓。在京西香积寺之北，郭子仪与叛军激战获胜，安禄山被迫放弃长安，回救范阳。宜将剩勇追穷寇，收复长安后，郭子仪乘胜东进，与回纥兵前后夹攻叛军，一举收复洛阳。

至此，平定安史之乱的战事，基本结束。这么兜转曲折，终究还是胜利了。

郭子仪因功封为代国公，还朝。肃宗夸赞他说：“虽吾之家国，实由卿再造。”这个天下虽是我的，但确实是您重新夺回来的啊。肃宗这话，一点都不官腔，也不是场面话，是真真切切的感激和嘉许。

此时的郭家，受到了天下人的尊崇。郭家在京城受封之地，方圆千里，门通河汉，恢弘气势，没有几家能比得上。每每佳节到来，郭家就像办流水席一般，长宴连绵，高官显爵、名媛佳丽云集，热闹与皇宫有得一比。

几个子女中，有的封侯拜相，有的娶了公主，满门荣耀。儿子和皇室联姻，丈夫亦是天下最尊崇的人，自己也被封为霍国夫人，按理，王氏应该是天下最幸福荣耀的女人。

曲终人散，只剩这对老夫妻独处，王氏都想看看夫君身上的伤痕。郭子仪总是借词推脱，或者裹着寝衣，死活不让老妻看。

8年抗战，自己的男人，已经66岁了，可还得和少年侠士一般，马上颠簸，在刀光剑影中穿行，其中的艰险，不言而喻，受了多少的内伤、外伤，不看也是知道的。想必是新伤叠旧伤，全身就找不到几处光洁的肌肤了。只要一想到这些，王氏就心疼不已，老泪纵横。

后人看来，郭子仪颇得命运之神的眷顾，每一次，都能在恰当的时间做出恰当的决定。挽大唐王朝于既倒，救黎民于水深火热。然而，大家都忘了，以终为始，倒着向前推，人生原就应该更伟

大、更轻松。

“成功的花（儿），人们只惊羡她现时的明艳！然而当初她的芽儿，浸透了奋斗的泪泉，洒遍了牺牲的血雨。”在这场扩日持久的战争中，每一个决定，都会影响战局走势、民族荣辱和国家兴衰。成功了，固然是功臣，封侯拜相。那万一失败了呢？所有政治、军事风险，还不都需要这个已经鸡皮鹤发的老人来承担。再说，哪一次不是凶险万分，哪一次不是九死一生？作为职业军人，郭子仪常常都是一只脚踏在鬼门关里，随时准备牺牲性命呀。

当年，北部战事如火如荼，吐蕃趁长安空虚，大举攻唐，深入内地，占领长安，成立伪政权。长安遭受此辱，必须驰援勤王。然大军正在激战，主力无法抽调。郭子仪兵行险着，声东击西，这边攻打蓝田城，杀吐蕃一个措手不及；那边集结长安豪侠，在长安街头奔走相告：“郭令公亲帅大军回来了，郭令公亲帅大军回来了”。吐蕃军士吓破了胆，不战而逃，退出关中。

长安陷落15天后，就被郭子仪收复。

王氏带着一家老小，到乡野躲避战乱。乡下地方，消息闭塞，王氏为郭子仪担心得紧，夜不能寐。听说郭子仪率大军回来了，王氏一阵欣喜，离别多年，终于快相见了。将家小托付给乡亲，自己心急火燎地奔回长安。

长安，饱受战火的荼毒，满目疮痍。

“小桃无主自开花，烟草茫茫带晚鸦。几处败垣围故井，向来一一是人家。”

几处倒塌的房屋和院墙，围绕着被废弃的枯井。夕阳西沉，草烟弥漫，晓鸦聒噪，人烟越发稀少。只有几株桃花，不识人间悲苦，人已逃亡，花还兀自寂寞无主地开着。要知道，这些原来都是一户一户的人家呀！

整日听到街上喧腾，郭令公回来了，郭令公回来了。只见烟尘，不见骁骑，渐渐地，这种消息少了，后来，吐蕃军队撤走了……王氏知道，自己的夫君，再一次成了传奇，也再一次辜负了回家的机会。

战火毁掉了每一个人，男的被征调，只剩下孤儿寡妇，困顿无依。郭子仪所到之处，见到可怜的夫人，就收留下来，说是纳为姬妾，其实也不过是给她们一个容身之处。几年下来，这么来的“姬妾”，已经多达数千人。王氏，就像这些人的母亲一样，照顾饮食起居，安抚战火留下的伤痛。她明白郭子仪，从年轻到老迈，都是热心肠，见不得世间的不平与苦难。她愿意，就这么默默地，为他达成心愿，做他最稳定的大后方。但是女人总归有小心眼的时候，看到满屋婵娟，王氏多少有些醋意：曾经只属于他的郭子仪，现在属于全天下，属于需要他的每一个人。

再比如，郭子仪单刀赴会，应约闯了回纥大营，粉碎了仆固怀恩的阴谋，大破吐蕃；世人传颂，郭家军只有1万多，对方号称30万，一个“战则必败，退则被歼”的死局，郭子仪虎胆神威，就这么轻描淡写地给破了。否则，战争的胜负，京城的安危，不堪设想！

郭子仪，就这么成了神，一个攻必克、战必胜的战神，是万千子民的保护神。有了郭子仪，才有今日的大唐。他是大唐帝国神圣

不可侵犯的象征。

然后，王氏已经年迈。真正的幸福，不是荣华富贵，不是权倾朝野，而只是平平淡淡地以老人的姿态，过老人的生活，看花开花落几春风，弄孙为乐，如此简单。

狡兔死，走狗烹，功臣的后路本就极难自保。战乱平定后，在一片奉承赞誉声里，郭子仪和妻子王氏看到了实实在在的危机。

安史之乱中后期，郭子仪手上握着唐朝半数以上的军队，引起了一些朝臣的恐慌和猜忌。皇帝也没有主心骨，前后几次罢免他的兵权，每每又在危难时刻启用他。

人生大起大落，换做常人，早就摆开脸色了。郭子仪不然，让走就潇洒地走，让来就不畏艰险地来，最后弄得皇帝都有些不好意思了，褒奖他说“用卿不早，故及于此”，若是早用您，又怎么会到这种地步啊，也可算政治核心对郭子仪的认同吧。

年老之人，看事情入木三分。“卧榻之侧，岂容他人鼾睡”，皇帝对郭子仪的猜忌，是必然的。天下人，人人识得郭子仪，却不一定识得天子。如果他再有什么居功自傲、不服管的表现，别说富贵，连残躯也很难保存。

王氏也是见惯了波谲云诡的，有政治智慧。她支持、理解郭子仪所做的一切事情，包括褒奖功臣时，郭子仪辞去太尉一职。从来破敌立功，是为政敛财的敲门砖，也是身首异处的屠刀。大红之时，即是大悲之日。郭子仪和王氏，看得都很通透。

处在权力中心，难免树敌。天威难测，也须得小心谨慎。郭子仪以身许国，郡王晋封为王之后，王府连苑起，威仪棣棣。许多人都在猜测，这么个大宅门里面该有多少的金银珠宝、珍奇古玩啊？汾阳王权倾朝野，该有多少见不得人的勾当啊。天下多少眼睛，或高山仰止，或居心叵测，都盯着这家子。

郭子仪和王妃王氏商议，与其让人不明就里瞎猜瞎传，不如让大家看个究竟，当即决定，撤去门房，连通传禀报的小厮也撤了，无论何人，自由进出王府，通行无阻。

一日，旧识故友去汾阳王府拜访郭子仪。只见王府中门大开，穿萧墙，进二门，一路上，各色人等进出来往。入得中庭后，这个老朋友就更加吃惊了。这王府连侧门都是对开的，好些平民鱼贯出入，俨然街市。而庭院里，仿佛就像天桥的茶楼，三两桌子，一些人坐着喝茶，并不是什么朝中显贵，而是素人白丁，还有仆人斟茶递水。院子的一角，还有人在洗头，三两个奴仆伺候着。其中一个人拿着水瓢，在冲水清洗，抬起头来，可不是老王爷郭令公吗？洗头的，可不就是王妃、霍国夫人王氏吗？都是粗衣素服，和普通百姓没有什么差别。

好好的汾阳王府，弄成了什么样子？

郭子仪一人之下，万人之上，集宠于一身，也就集怨于一身，多少人想抓他的把柄，拉他下马。想要保住晚节，就得开府明义。不是猜我贪污受贿吗？家里有什么随便看。不是说结党营私吗？和我来往的人，全部都是走在太阳下的。郭子仪胸怀坦荡，事无不可对人言。

当一个人的生死荣辱，捆绑着家族、部属的千百条人命，每每做决定，都胼手胝足、举步维艰，人生最后的二十年，都被死死困着。直到84岁高龄退役，85岁归于一抔黄土。恐怕只有他的老妻，才能蚀骨地明白。

王氏，看到老夫君耄耋之年，一把老骨头，还在沙场上和年轻人拼命；眼瞅着自己的老头子，位极人臣，战战兢兢，如履薄冰……少年夫妻老来伴，能陪在老伴儿身边，给他最纯粹的安慰，或许对老夫人来说，这也是幸福。

或者希望，这场动乱从未发生，老两口在朔方，做个节度右兵马使，有禄无为，贵而无权，平平淡淡，相扶终老。

平淡的生活，自有妙处。

有的人，看得真切，生活到处磕磕绊绊，丰富的人生，看起来却很烦恼；有的人，看似简单粗糙的生活，却觅得了人生的大境界。苦苦寻觅着，看起来光鲜的生活。殊不知，别人脚下的高跟鞋，自己穿上，夹脚无比，疼痛如酷刑。还不如自己那双春天般的球鞋，随性自在，奔跑起来，如花朵翻飞。

其实每个人都是平凡的，也都是幸福的，只是你的幸福常常在别人眼里。

四月的梨花，落地为魂；五月的槐花，香尽作风；六月的雨季，也拂窗北去。回眸一望，那是多久了呢？一朵无瓣的花，依旧对着阳光，淡淡地笑着。

平淡一世，难道不好吗？

爱，就疯狂；不爱，就坚强

——从此无心爱良夜，任他明月下西楼

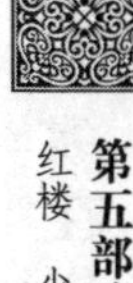

水纹珍簟思悠悠，千里佳期一夕休。

从此无心爱良夜，任他明月下西楼。

——唐　李益·《写情》

恋爱五年，惨淡收场。

特地奔了一趟西安，千里迢迢，为了给自己的爱情，办场告别仪式？还是掰开伤口，让那人再撒点油盐酱醋，狠狠地让自己忘了？

回到成都，看到熟悉的华灯初上，耳机里传出了“I love this city，微笑的模样”，激动的心情，难以名状，真想大声地叫：成都，我们结婚吧，我再也不走了！

从那以后，扔掉所有和他有关的物件，删掉QQ和电话号码，朋友们也很体贴地再也不提那个人，那些事儿……

可是，知道自己没有放下。形容过往几年，总是以“哦，那时我读大三，和那个人在一起的时候……”“那儿啊，是刚工作，那人还没走，我们去的地儿……”开头；一打字，搜狗拼音联想出来的，还是他的名字，却心慌手颤；看着沙发，总觉得，他坐过的痕迹还在。于是知道，那个人成了心底的伤疤，一碰就痛，一想就悲，痊愈还需要太多的时日。

时间已经改变了一切，固守着的，是一个人的爱情故事，进行不下去，却也退不出来，就一个人慢慢熬着，和别人无关，也和将来无关。

为了自己那伤了挺久，还不肯好的心，于是挑了光棍节，去看了场讲失恋的电影，奇迹般地放下了。

失恋，也许真是小事儿，爱了整整七年，放下，只需转眼一念。

其实，也许那个人真没有那么好。他看你的时候，总是一副挑剔、嫌弃的眼神；他总不记得，过马路牵你的手；他陪你逛街的时候，总是欠扁地说：这衣服挺好看的，就你穿着不好看……没有爱的温柔体贴，不过是昙花一现，更何况，温柔体贴，也真谈不上。

爱情的结束，远比开始要简单。开始，需要两个人牵手，而结束，一个人掉头就可以了。何必执著。失恋，也许是下一个幸福的开始。

决定搬走，离开那个住了4年多的地儿，曾经的家。整理旧物时发现，初识，他笑得灿烂，那种从心里满溢出来的愉快和满足，是作不了假的；一起度过了艰难岁月，充话费都10块10块的，穷日子挺开心。突然想起了电影里的台词：“这段感情里，原来我们势均力敌，结尾处统统惨败，我毁掉的，是他关于我的这个梦想；而他欠我的，是一个本来承诺好的世界”，泪如雨下。

失恋之人，必有可恨之处。

恋爱，需要双方的坚守。真正幸福的事情，是做真实的自己；而恰巧他爱的，也就是这样的你。而放弃也是种勇敢，承认现在的一切，都和过去的期待不一样，提前离席退场，放下包袱，原谅、自省和感恩，走向下一站幸福。

爱，就疯狂；不爱，就坚强。

爱情，和才华没有关系，和职业也没有关系。蜜柚里也有苦实，梁平气柑里也有甘美如饴的，以共性判别个性，难免有失子羽。

小时候总认为，军人英武非凡，天大的事儿，都是皱一皱眉的小事儿。长大了，嘲笑自己太天真。军人，又不是寺庙里的偶像。所谓军人，也不过一般的男子，在军营中学会了，把被子叠得像艺术品，把生活过得像一条条的军令，服从，服从，再服从。

但是，军人的情感，更加隐忍，一块不苟言笑的木头，很难说出“我爱你”“我想你”的，军人的情意，也是更加炽热、绵长。于是，把边塞诗翻出来，又读出了新的滋味。

不知道是唐朝成就了边塞诗，还是边塞诗完整了唐诗。唐之前，边塞诗不过200首，而《全唐诗》中，收录的边塞诗就达两千余首。

唐人雄浑，边塞诗多男儿抱负；唐朝威武，边塞诗透着王者之气。曾经认为，盛唐边塞诗，留王昌龄一人足矣。“秦时明月汉时关”的磅礴，“不破楼兰终不还”的决心，“无那金闺万里愁”的相思，都是高昂的，如盛唐精神一般，积极乐观，屹立不倒。后来，在瑰丽诗篇里，寻得一句，能与之比肩：

“不知何处吹芦管，一夜征人尽望乡。”

边塞之夜，一个将军模样的男子，登上城楼，冷月如霜，平沙似雪，只有野火还在身后燃烧着。他远望着关山外的故乡，愁肠百结，盼望着早日结束战争，回到家乡。此时不知何处又传来芦笛声，清脆高亢，恍惚是战歌，又好似家中的小调，勾起他无限乡愁。

盛唐边塞诗雄浑，然而征戍生活艰险，戍边将士思乡情切，免不得有些小情绪。看了这首《夜上受降城闻笛》，才感觉，他们也是活生生的人，有爱有恨，会担忧，也会有挫败感和无力感。

李益，生在陇西。陇西，是西出长安的第一大重地。关中，是秦、汉、唐的命脉所在，长安，天下之重。而陇西，就扼守在千里关中的西侧，隔着黄河天险，和北方的游牧民族对峙。自汉唐以来，战火烽烟，从未熄灭。一旦陇西失守，偌大的关中平原，一马平川，如入无人之境。可以说，关中多重要，陇西就有多重要。

作为边郡的陇西，尚武成风。金戈铁马，西北男儿自小就有英雄梦。李益从小就浸润在战神传说里，有才情，加上十余年的戎马生涯，见闻广博，又有了生活体验，他的边塞诗写得极好，尤其是七绝，常常是慷慨意气、武毅犷厉之外，有点悲凉，有点伤感，如香水的后调，人走后，还留下味道，真实，惹人回想。

如果不是那一段旁逸斜出的感情，如果不是邂逅那个女子，空许诺言，他的人生，也许就是另一番轩敞明亮。

那一年，霍家有女初长成，名唤小玉。

霍小玉，本出身于贵族世家。父亲是玄宗时代的武将霍王爷。母亲郑净持，本是王府的歌舞姬，因貌美、善歌舞，为王爷所偏爱，纳为妾侍。不久，郑净持怀孕，受宠爱无以复加。这本是凤凰于飞的恩爱故事，但是世事难得完美。

盛世倾颓，繁华长安，破碎月光，成了触碰不得的梦。“渔阳鼙鼓动地来”，霍王爷钦点领兵御敌，不幸战死。那年的春天，不同以往。大唐帝国的春天，不会再回来了，霍氏一家，没有了依傍，春天来了，花儿也不会开。树倒猢狲散，出身寒微、刚刚生产的郑净持，被遣散出王府，带着襁褓中的小玉，流落民间。

转眼，15个春，15个秋，霍小玉出落成了明丽可人的姑娘。

所谓的美人，应以花为貌，以鸟为声，以月为神，以柳为态，以玉为骨，以冰雪为肤，以秋水为姿，以诗词为心。虽说没有人知道她是故霍王爷的女儿，母亲却悉心教诲，不曾落下，小玉不但能歌善舞，而且精通诗文。《国风·召南》中有：“何彼浓矣，华若桃李”，形容霍小玉，都略显肤浅。

倾国倾城的人儿，也是有生活需求的。清晨睁开眼，就有柴米油盐酱醋茶七件事儿等着开销。这对孤儿寡母，没有持续的挣钱能力，只等坐吃山空，从王府带出的钱银用尽了，就典当首饰细软，终有一日用度殆尽。然，生活还是要继续的。

郑净持徐娘半老，风姿绰约，却再也吃不了那碗青春饭。为了维持生计，霍小玉只得女承母业，做歌舞姬待客。到底是自己的女儿，郑净持尺度极严，非名流才子，恕不接待，只是清弹、诗文、歌舞助兴，卖艺不卖身。这在风月场上，还有个专业名词，叫“清倌人”。

做清官难，做清倌人更难，花容月貌的女子做清倌人，难上加难。勾栏之地，诱惑极多，一不小心就堕落下去了，万劫不复，只有意志坚定无比的人才能做到。郑净持也有私心的，好好的女儿，不能就这么毁在手里了。风月之地，遇到的都是有家世的男子，倘若一日遇到那有缘分、有造化的，还能清清白白地嫁出去，不至于为了一时的生活所迫，耽搁了女儿的一生幸福。

虽是卖艺不卖身的雅伎，因着小玉才貌俱佳，多少花花大少、文人士子都想一睹芳容，争先恐后地上门拜访。小玉名动长安，红极一时。

话分两头，李益这时，刚到弱冠之年，进士及第。第二年六月来到长安，参加吏部的拔萃考试。

根据《新唐书·选举志》记载，唐代科举吏部铨试选人之法有四，曰：“身、言、书、判。”身，体貌丰伟；言，言辞辩正；书，楷法遒美；判，文理优长。身、言的要求，主观性强，没有量化的评判标准，基本流于形式，书、判则为考试的重点和主要内容。

根据相关记载，六品及以下官员皆要参加书判考试。具体流程是，先观其书、判，再察其身、言，然后拟官。“选未满而试文三篇，谓之宏辞，试判三条，谓之拔萃，中者即授官。”

我们熟悉的白居易，出身拔萃甲科，选入翰林，掌制诏；李商隐，以书判拔萃，被当时的河南节度使王茂元赏识，辟为掌书记。

这个时候的李益，丽词嘉句，时谓无双，加之出身陇西李氏，门第显贵，郡望的前辈尊长，对其推崇佩服，一时间，春风得意。

李益自诩才情风流，国士无双，希望能觅得佳偶，所到之处，广求名妓，一直未有所得。到达长安之后，李益落脚于新昌里，将自己的想法，告知媒婆鲍十一娘，托她留意。

这个鲍十一娘，以前是薛驸马家的婢女，十余年前，赎身嫁人。因为人面甚广，加之巧言令色，长安城的富贵人家，纳妾娶外室，大多要请她参详参详。于是，李益花重金请她出马，几个月后，候得佳音。

一日下午，李益正在南亭闲坐，听得一阵急促的敲门声，而后鲍十一娘笑着进来，道：“苏姑子做好梦未”，简单的一句调笑，俊俏书生，有个仙女儿一般的人物，不重财货，只愿人才风流，这样的女子，可和你匹配，你做了好梦没有啊？李益一听，就知所托有音讯，忙细细打听情况。

原来是故霍王爷家的女儿霍小玉，因为家道中落，不幸沦落风尘，却守身如玉。姿色艳美，是天上有地下无的美人儿，难得的是，情趣高雅，神态飘逸，音乐诗书，无一不精，远不是那些庸脂俗粉能比较的。更巧的是，霍小玉也有托身之心，前些日子，也托鲍十一娘寻个品性格调都要称的好郎君。

鲍十一娘两相撮合，也约好了相亲的时间和地点。第二天午时，在胜业坊古寺巷，霍小玉家的宅子里，见面详谈。李益借来了行头，兴奋异常，彻夜难眠。翌日清晨，换上光鲜亮丽的衣服，挑来换去，时间快到中午了，便策马而去，赴霍小玉第一次的约。

果然如鲍十一娘所讲，巷口有个叫桂儿的婢女在候他，引他进了一处精致的宅院。鲍十一娘领着郑净持，和李益先寒暄了一番。这个说，我有个女儿小玉，教养不足，但还不算丑，自荐奉箕帚。那个假意道，我李益笨拙平庸，谢夫人抬爱，感激万分。

和所有风花雪月的故事一样，开始总是美好的。

李益初见小玉，惊为天人，霍小玉久闻李益诗名，今日得见偶像，也是属心于斯。就像李益自己说的，小娘子爱才，李益好色，两个人各取所需，倒也绝配，这可真是大实话。于是二人，一见钟情、两情相悦，当夜李益就留宿了下来，此后日夜相随，一住就是两年。

到这里，都还是郎情妾意的爱情神话。这个世界，佳人，注定就是要配才子的。男子多薄幸，却总是期望，自己的那一个会不一样。

女人是可悲的，有心性，却免不得成为男人的附属品。找个有一定的社会地位以及欣赏自己的男人，是改变命运的捷径，尽管这里面有许多的变数，却也只能如此。

这也正是霍小玉的可悲之处。若是只要荣华富贵，对她来说，并不是难事，难就难在，愿得一心人，懂她的骄傲和脆弱，白头不相离。霍小玉出身贵族，不得已卖笑陪欢，既清高，又自卑，她孤注一掷地给自己设立了一场赌局。就像飞蛾扑火，虽然知道危险，却还是义无反顾，只为那可能的一丝温暖。

当然，她也预见了最坏的结果。如果知道了结局，母亲郑净持，是断不会引着李益，来祸害小玉的。

初见当夜，李益留宿。今日看来，进展太快，未免让人看轻，得来容易的东西，一般都不太珍惜的。不过当时，两人都直奔主题，也不是什么大事。枕上相亲，极尽欢爱，什么巫山云雨、洛神一梦，也不过如此。

夜半时，小玉在枕边啜泣，流着泪的她的眼，清澈动人。她本是娼妓人家，和李益一个天上，一个地下，本难以匹配。今日因美色，而得到了一段情缘。然而以色事人者，色衰而爱弛，终究逃不了女萝无托、秋扇见捐的命运。怕只怕极欢之后，只有无尽的悲伤。

李益听了，很感动，想来也没有美玉一般的女人，对他说过这么真切的情话。他伸出手臂，让小玉枕着，揽她入怀。平生的愿望，今天得到了满足，粉身碎骨也是不会抛弃小玉，不知道她担心什么。既然她不放心，就写下盟心之句，收藏起来，以安美人之心。

这两个恩爱缱绻的人儿，都忘记了，一旦愿望满足之后，人的幸福感就会直线下降，转而继续追求下一个目标，找寻新的幸福。

相聚的时光，总是太快。两年之后，李益书判拔萃登科，授官郑县主簿，不日就要赴任。

拜官这等喜事，筵开八席也不为过。但是曲终人散之后，分别的愁绪弥散开来，压得霍小玉喘不过气来。

小玉正色剖析着，李益门第清华，有才情，有名声，家中并无妻室。此次揽官而回，必定要成其姻缘的。那一年，霍小玉十八岁，李益也才二十二岁，离传统的三十而立，还有整八年。霍小玉请求能够与李益共享这八年，之后男的娶妻生子，飞黄腾达，女的剪发披缁，青灯古佛，各不相干。李益既愧疚又感动，近日高兴昏了头，也没有顾及小玉的感受。当即许下白首之约，不离不弃，并许诺，半年后，必定派人来接霍小玉完婚。

八年，十八岁，二十二岁，这几个意象拼合在一起，浮现出了那样的一句话："男人要永远感谢在他20多岁的时候曾经陪在他身边的女人。因为20多岁的男人处在一生中的最低点，没钱、没事业；而20多岁的女人却是她最灿烂的时候……"

八年之约，即使践行了，到头来也是悲剧。再说，男人如风筝，放出去容易，收回来难，霍小玉有女人的警觉，但是很多事情不能回头，刚开始，就注定了结局。

想想，也不能对李益全盘否定。至少，在许下婚约的时候，他是真心的，绝没有打算负她。怪只怪，当时太年轻，以为许下的诺言，就一定能实现，不过是自欺欺人而已。

果然如霍小玉所料，李益还未到家，母亲就已经替他议好了亲事，和卢氏之女的婚约都定下了。唐朝的高门士族，首推五姓七家。卢氏一门，在唐朝是有权有势的显贵家族。

一来，李益畏惧严母，不敢推辞，二来，和卢氏结亲，对他的仕途发展确有帮助。李益也不拒绝，行礼答谢，约定今日完婚。李益向霍小玉封锁消息，希望她看他逾期不归，断了念想。

约定的归期已过，霍小玉的担忧，终于变成了现实。李益音信全无，小玉的情意不变，不懈地托认识的人打听。李益先前有打招呼，虚词诡说，天天不同。她的苦心经营以及殷殷期盼，将自己陷入到一片泥淖，慢慢沉沦，又挣脱不掉。不安和悲愤，熬干了霍小玉的心血，她恍惚成病，抑郁成疾。

不久，李益回京办事。霍小玉收到消息，遍请亲朋好友，千方百计叫李益来。李益对霍小玉，有过炽热的感情，有不守承诺的愧疚，听说小玉病重，更加没有办法厚着脸皮去见她了，于是早出晚归，假词推托。

霍小玉百般求见一面，始终不得，为李益的薄情寡义，伤透了心。长安多义士，无不感叹霍小玉的多情，愤恨李益的薄幸。

一日，李益和密友五六人，去崇敬寺赏牡丹。挚友韦夏卿就着良辰美景，劝他大丈夫，要为他人着想，更何况是曾经的枕边人。这个时候，有个豪士，前来拜见，互相吹捧一番之后，邀请李益去他家做客。读书人，最听不得别人的吹捧，当下就与之策马而去。

兜来转去，到了胜业坊。李益看到了霍小玉的家，就想鞭马而回，被那豪士抱着架着往前走，喊道：李十郎来了。

霍小玉全家又惊又喜。

昨夜，霍小玉梦见一个紫衫男子抱着李益来，让小玉脱鞋。她惊醒，告诉了母亲这个梦，还说道，鞋者，谐也，她和李益很快就能见面了；脱者，解也，见面之后她也就要死了。母亲以为她缠绵病榻，尽说胡话，也不怎么在意这事。

天明，霍小玉就请母亲替她更衣梳妆。未几就有人通报说李益到了。霍小玉一改病容，飞快起身走出去，如有神助。

终于见到了心心念念的情郎，霍小玉又爱又恨。还是在这间屋子里，彼时的缱绻缠绵，此时覆水难收。

她是决绝的。不稀罕李益的抱歉，再多的亏欠也是枉然。一段感情里，开始时彼此相爱，到结尾时，互为仇敌，你不仁我不义，两人始终势均力敌。极爱变成极恨，霍小玉摔碎酒杯，咬牙切齿地说出“李君李君，今当永诀！我死之后，必为厉鬼，使君妻妾，终日不安！”的话，香消玉殒了。

霍小玉死了，李益所有的哀痛和伤心，看起来都像作秀。

功名和红颜，想要选择前者，人之常情。十年寒窗，能够换来更大的功成名就，何乐而不为呢？霍小玉阅人无数，相信也能理解。李益自作聪明，以为眼不见，心不烦，终会忘记。殊不知霍小玉用情笃定，将她自己拖入了万劫不复的深渊。覆水难收，与君长诀，女子清高至此，大丈夫负心于斯，终归是一个无法兑现的承诺。

多年之后，李益官至礼部尚书。但他的一生，再没有轻松快乐的日子。因为霍小玉事件，李益恶名盖过诗名，成了十足的负心人形象，仕途多舛；同时，因为伤情而心性大变，终日疑神疑鬼，总是怀疑妻妾与他人有染，以致疯狂。

李益还不是彻头彻脑地坏，只可惜，斯人已逝。从此无心爱良夜，任他明月下西楼。

风流才子多春思，肠断萧娘一纸书。美人多娇，巧笑倩兮，美目盼兮，绊住了过往的多情少年。

自古才子多风流，他们追求美，钟情于美。而女人的美，层出不穷，每一种美态，都有一种不同的滋味儿，妖娆是美，纯情是美，才华是美，多金也是美……于是，世间男子易多情，也容易移情。

男子有心于一个女子，只愿3分钟热度；女子守着矜持，若即若离。男子的情愫，来得快去得也快，一时间就熄了火。女人惯于后知后觉，当痴念那个男子时，他却已经忘记。曾经一刹那，有那么一个人，令他回眸，想要天长地久；转头又倾心另一个，隐约的风华绝代的女子。

有人说，爱情的错位，是因为男人和女人的感情，有时差。这都是时间种的蛊，男子成了负心汉，女子熬成了老情人。承诺，成了一个个未尽的约。

原来爱情，不过是女放不下，男人停不了，如此而已。

后记：情到深处即为诗

红拂虚梦水连天………岂不闻，江畔何人初见月，江月何年初照人？

帘外雨潺潺，仿佛在诉说一种愁绪，演绎一段伤怀；芳草萋萋，如同在等待一场心动，一地相思；梧桐落叶，就像我裸露的心事，唱着想念的悲歌。

“一朵花摘了很久，枯萎了也舍不得丢，
一把伞撑了很久，雨停了也不记得收；
一段路走了很久，天黑了也走不到尽头，
一句话想了很久，心碎了也说不出口。”

轻抚琴弦，悠悠心事如水。只是，欲将心事付瑶琴，知音少，弦断有谁听？

于是我将心情写成一篇好词………

谁如此执著，在我的词句中驻足，不肯离去，做了那蓦然回首中的阑珊灯火；

谁如此痴情，在我的心情中徘徊，未曾走远，成了那平芜尽处春山之外的行人，空流满地相思清泪；

谁在我的生命中沉沉睡去，却美丽了我的文字，于是，我的词，化成了西子湖上亘古的爱恋和等待。

其实，我给你的爱，一直都很安静，总是在字里行间爱着你。

总想为你谱一阕新曲，每个下雨的午后，在你的窗前，用行云流水般的飘逸演绎我的情怀；

也想为你建一座庭院，曲径通幽而深深深几许，就像你的心，百转千回，就像我对你的情意，百折不回；

还想为你碾一池墨香，记忆下我们的相思相忆，一段一段，直到地老天荒。

只是，我一直在回想，你那最后的凝眸………把你那美丽的忧伤，镌刻成了我心中不朽的神话。

万丈红尘。佛曰：活在当下。只是我们该如何坦然，无可奈何花落去，一个个当下都演成了历史。

我想为你折一片月光，而我，孤单的我，睡在月光之外。我想陪着你，穿过那条老街，窄窄的幽深的，你撑着油纸伞，丁香般含着愁怨，走进我的生命；我想闯过时间的险关，为你掬一捧永恒………

殊不知，等我的人，我已无梦相赠；身，闲云野鹤，心，行云流水；我如何做你的春闺梦里人，如何演绎我们的情殇………

情到深处即为诗，更哪堪，伤心枕上三更雨。